下雨的書店之降雨者

日向理惠子 著
吉田尚令 繪
林佩瑾 譯

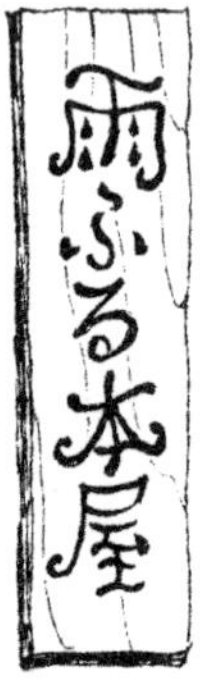

曾幾何時，
寫了一半就放棄的故事。
曾幾何時，
說了一半就不說的故事。
曾經朝思暮想，
卻驀然遺忘的故事——

得不到「劇終」的故事們，
在雨水的滋潤下成長茁壯。

雨水蘊含著星球上的故事養分，
孕育出「下雨的書」。

有趣的書、歡樂的書、
悲傷的書、奇妙的書、
或是你寫的書，
由雨中回憶所滋養的書，
全在「下雨的書店」等著你——

目次

人物簡介

露子

露子原本很喜歡看書，但最近爸媽只講故事給妹妹莎拉聽，露子已失去了對書的興趣。而經過了上次的冒險，她懂了自己對妹妹的心情。這次，她將請桃紅色蝸牛帶她和莎拉一起前往「下雨的書店」。

莎拉

露子的妹妹。和姊姊露子帶著人類點心伴手禮前往「下雨的書店」時，竟然遇上了危險。

古書先生

「下雨的書店」的老闆，戴著大大黃色鏡片的眼鏡，眼珠就像月亮般明亮，是隻渡渡鳥。

舞舞子

舞舞子是精靈使者，有美麗的鬈髮、飄浮在四周的泡泡，以及彷彿由苔蘚和蜘蛛絲做成的洋裝。

她的旁邊還有「書芊」與「書蓓」：一個穿著藍色小丑裝，另一個則是紫色小丑裝，肩上還圍著羊皮紙披風。她們靠著飄揚的披風浮在空中。她們專門負責找出客人想要的書。

星丸

「下雨的書店」的常客，頭髮亂得像鳥窩，額頭有個白色星星圖案，他每天都住在不同的地方，可以住在丟丟森林，也可以住在人類的夢裡。他是個瀟灑而漂泊的冒險家！

電電丸

電電丸是「雨童」，就像雨的快遞員。平常他們住在烏雲上面。電電丸有一對憂愁的粗粗八字眉，嘴脣嘟嘟的。當書來瘋先生把他的書一本一本從雲上丟下，他只好追著書本跳下烏雲，開啟了另一段旅程。

書來瘋先生

稱號「醉書者」，尋遍千山萬水，就為了找到一本看得順眼的書。他還會去世界各地的書店、古書店與圖書館，一旦對那個地方的藏書不滿意，就會毀了那間店。

長頸鹿林

比丟丟森林危險好幾倍，那裡到處都是「牙」，有點像是丟丟森林的「貘」。「牙」看起來像是電光石火的「閃光」；當你覺得附近有閃光時，身體可能已經被「牙」咔嚓兩半了。

渡渡鳥公會

渡渡鳥公會位於由整座山削切而成的建築物裡。在其中那個有蜂蜜色燈光的房間，沒有任何裝飾品，也沒有字畫或窗戶，只有一張堅實的氣派木桌擺在房間深處。

裡頭有一位戴著新月形眼鏡的「永恆女士」，她有一個金色的「全知懷錶」，因此，她早就知道「下雨的書店」店主會因為書店消失的危機來找她求助。

欖羊羊・大哈茜

當星丸與露子被困在「月之原」時，不小心吃了欖羊羊・大哈茜的下午茶點心。欖羊羊・大哈茜戴著兔耳帽、穿著白色睡衣，嘴脣又厚又大，好像可以一口吞下露子的頭，正當星丸與露子不知如何是好時，幸好「百花彩妝盒」解救了他們。

昴宿魚團

他們是七隻巨型會飛行的腔棘魚，經常載裂縫居民往返。其中一位「刻萊諾」很喜愛露子。刻萊諾身上的魚鱗如青銅鎧甲，嘴脣渾厚，魚鰭彷如月光打造。她的胸鰭根部有個足以容納人通過的四方形入口，簡直就像真正的飛機。刻萊諾的身體裡，灑滿黃色的明亮月光，兩邊都設有電車座位。

一　圖書館的祕密咒語

遠方的雨聲，籠罩著幽暗的圖書館。這場雨來得突然，雨勢也忽強忽弱。

書櫃上滿滿的書，彷彿正在對外頭的雨說著悄悄話。聊著聊著，那些藏在厚厚書頁內側的知識、奇妙冒險與各種新鮮事，似乎也醞釀得更美好了。

穿著制服的學生、架著厚重眼鏡的爺爺、戴著耳機的女子、雙手插口袋的男子；這裡有各式各樣的人，但大家所做的事情都一樣，每個人都在尋找好看的書或需要的書。

然而，唯有兩個小女孩對書視若無睹，偷偷摸摸潛入圖書館的陰暗深處。年紀較大的女孩穿著淡綠色雨衣，而年紀較小的女孩，則穿著領口與腰間各有一個粉紅色蝴蝶結的純白色雨衣。

兩個小女孩安靜低調的前進，好像傳送祕密訊息的間諜似的……

露子與莎拉確認四下無人後，這才脫掉雨衣的兜帽，蹲在書櫃後面。

「啊！莎拉！不可以把伴手禮壓在膝蓋上！」露子說。

穿著純白色雨衣與淡粉紅色長靴的莎拉一聽，頓時鼓起腮幫子。

「人家知道啦！」

這下子，莎拉把日式點心店的半透明紙袋抱得更緊了，簡直像抱著命根子。露子無奈的輕嘆一聲。

「好，莎拉，那就拜託妳嘍。」

莎拉重重點頭，然後從雨衣口袋掏出蝸牛。這是用桃紅色貝殼做的蝸牛。只見莎拉小心翼翼將蝸牛公仔放在地上，海螺狀的蝸牛殼條的自豪的亮了一下，似乎正準備大顯身手。

露子再度左右張望，看看四周有沒有人，好似躲避野獸追擊的叢林探險家。確認四下無人之後，她才對莎拉點點頭（這是一個暗號）。

露子與莎拉一同低聲詠唱：

雨啊雨啊，下吧下吧，「下雨的書店」！

蝸牛公仔的細細觸角，竟然開始微微震動了！震動愈來愈明顯，桃紅色的蝸牛公仔就這麼快速滑動起來，彷彿有了生命。

露子與莎拉雀躍不已，穿著長靴的雙腳也不自覺動了起來，追向蝸牛。

這句為蝸牛注入生命的咒語，是露子自己想出來的。

那隻帶著露子前往奇妙古書店的亞麻色活蝸牛，從那時起就不見了，怎麼找都找不到。儘管她偷偷將路邊撿到的蝸牛放在圖書館地板上，蝸牛也只是走呀走呀、扭扭觸角，完全不打算幫露子帶路。

不過，露子暗想，說不定送給莎拉的桃紅色蝸牛公仔（就是當初買蝙蝠雨衣時，七寶屋老闆所送的贈品）能幫上忙呢。賓果！露子猜對了！有一天，露子帶莎拉來圖書館，然後將蝸牛放在地板上。果不其然，蝸牛的銀製觸角開始動了起來！

「姊姊，妳在幹嘛？」莎拉納悶的問道。

露子為了讓莎拉了解這是某種神祕儀式，只好匆匆掰了句咒語。其實，說不定根本不需要咒語，但是露子和莎拉都很喜歡這神祕兮兮的儀式，於是每次要去奇妙的古書店時，一定會念出這段咒語。

露子與莎拉手牽著手，追向桃紅色的蝸牛。那裡原本是圖書館的最後一排書櫃，照理說已無路可走，不知不覺間卻多出一條路，兩側矗立塞滿巨大書本的高大書櫃。就算花上一輩子，世上也沒有人能讀完這裡所有的書。書櫃就是如此巨大，上頭的書也其大無比。

難道這裡是巨人圖書館嗎？迷宮無窮無盡，錯綜複雜。通道九彎十八拐，才剛走到交叉路口，這會兒又到了令人眼花撩亂的七岔路口。露子真不知道原地打轉了多少次。

起初露子對這座迷宮實在沒轍，後來也逐漸掌握了訣竅。反正只要跟緊蝸牛，就不會在迷宮中暈頭轉向。

蝸牛快速向前進。

露子跟莎拉在安靜得令人窒息的走道上跟著蝸牛跑，一刻也不敢分心。莎拉拚命跟著露子，粗暴的亂甩手上的伴手禮袋子。

「莎拉，伴手禮會撞壞啦！」

露子說了也沒用，莎拉還是撐大鼻孔睜大眼睛，一副要狂奔到世界盡頭的樣子。她的藍色毛球髮圈紮著一撮劉海，搖晃得好似颱風中的天線。

露子再度嘆口氣，重新握緊妹妹的手。第一次獨自走這條通道時，蝸牛（不是這隻桃紅色蝸牛，是另外一隻）只要看到露子，就會配合露子放慢步調。可是現在帶路的是莎拉的蝸牛，露子心想，一定是莎拉太急著想趕到目的地，蝸牛才會衝得那麼快。

莎拉的手燙得像發燒，牽著牽著，露子逐漸明白，那是因為莎拉太興奮了。露子緊緊握著莎拉的小手，一刻也不願放開。

不久，兩人來到一條筆直的寬敞通道，再也沒有轉角了。到了這兒，蝸牛總算放慢步調。

「莎拉，妳還好嗎？」

露子牽著莎拉的手，關心氣喘吁吁的她。莎拉望著前方，用力點點頭。直到前天為止，莎拉可是因為感冒而躺了五天呢。

走道遙遠的另一端有扇小小的木門，彷彿一本翹首盼望讀者到來的古書。

門上刻著幾個扭來扭去的大字。

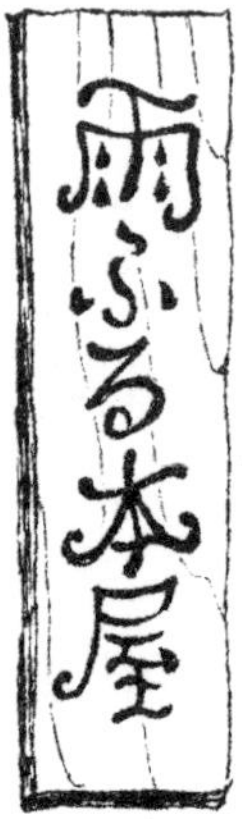

（下雨的書店）

二　鬼魂的寫作室

清澈明亮的雨水從天而降。地上鋪滿了青翠草皮，零星開著幾朵可愛的花兒；由彎曲的樹木做成的書櫃、排列在書櫃上的書、人偶與時鐘、裝著水中花的瓶子、各種原石、獨角獸與龍的擺飾。天花板掛著由水跟泥土做成的地球儀，旁邊則是月亮模型、閃亮的星雲、薰衣草色的鯨魚與鮮花做成的風車。

露子與莎拉抵達了「下雨的書店」。

莎拉的桃紅色蝸牛迅速爬上她的身體，變成公仔滾進口袋裡。

「歡迎歡迎，露子，莎拉！」

舞舞子朗聲迎接她們。她穿著苔蘚與蜘蛛絲做成的洋裝，頂著一頭深棕色鬈髮，旁邊還飄著許多珍珠，彷彿她的守護星。

書芊與書蓓這兩隻披著羊皮紙披風的精靈一下子就飛了過來，在兩人旁邊飛舞。兩張鵝蛋臉長得一模一樣，一個穿著藍色小丑裝、另一個則穿著紫色小丑裝；她們是舞舞子的精靈，藍色的是書芊，紫色的是書蓓。她們頭上的三叉帽尖也開心的晃來晃去。

「妳們好呀，舞舞子、書芊、書蓓！」

露子馬上向她們打招呼，而一陣子沒來的莎拉，則害羞的躲在露子身後。

舞舞子悄然走近，先是向露子輕輕點頭，又對著莎拉彎下身。

「莎拉，妳感冒好了嗎？」

露子見莎拉扭扭捏捏的想後退，便拉著莎拉往前一推。

「莎拉，妳不是帶了個好東西嗎？」露子說。

莎拉為難的仰望露子，接著一鼓作氣，將剛才甩得亂七八糟的半透明紙袋遞給舞舞子。

「……舞舞子姊姊，這是伴手禮！」

飄浮在舞舞子棕色鬈髮周遭的泡沫珍珠頓時為之一震。

「哎呀！好棒喲，這是妳們特地買來的嗎？」

莎拉一聽，剎那間再也不怕生，露出開心的笑容。

「姊姊偷藏私房錢喲。零用錢只買得起鬼魂先生的份，可是因為她有私房錢，我們才買得起大家的份。」

「喂，莎拉！不要多嘴！」露子揚起眉毛。

舞舞子瞇起黃昏色眼眸，對露子一笑。精靈使者舞舞子的眼眸恰似黃昏的天空，藍中帶金，閃耀著美麗的光芒。

「露子、莎拉，謝謝妳們。人類所做的甜點，實在是太難買了，所以我很高興收到這份伴手禮。古書先生、古書先生！」

舞舞子轉頭望向書店內側，高聲大喊。

地上鋪草皮、天花板下雨的「下雨的書店」，內側有個大櫃臺，一隻戴著眼鏡（鏡片活像兩顆發亮的黃色滿月）的渡渡鳥，就在那兒讀著厚到不行的磚頭書。

渡渡鳥古書先生讀書讀得太專心，甚至連露子她們來了都不知道呢！

櫃臺上四處散落著化石、文件堆、書、墨水瓶、玻璃菸斗、金色天平與小型天球儀。「轟！轟！」玻璃火車在桌上噴著令人興奮雀躍的煙霧。

「古書先生，你真是的，老是一讀書就忘了時間！你瞧，露子和莎拉來嘍。」

舞舞子拍拍手。古書先生用超級慢動作抬起頭來，那雙被黃色鏡片放大的眼睛似乎有點混濁，眼看他的眼尾愈來愈上揚——

砰！

古書先生突然搥了桌子一下。

「受不了，這事情可嚴重了！」

露子與莎拉嚇得挺直腰桿。這下子，莎拉又躲到露子背後了。

「怎、怎麼了，古書先生？」露子戰戰兢兢問道。

古書先生一聽，頓時像隻激動的馬似的猛噴鼻息，從磚頭書底下抽出一疊紙。他啪沙啪沙的猛甩那疊紙，罵得口沫橫飛。

「就是這個啦，受不了！妳聽好，無聊的故事種子我看多了，但跟這份稿子比起來，那些種子簡直跟黃金一樣珍貴！受不了，這能看嗎！糟糕至極，慘不忍睹！」

舞舞子面有難色的托著腮幫子。

「就算是這樣，也不能把稿子藏在書底下呀。不想看就藏起來，太孩子氣了。說起來，是古書先生你自己說要一字不漏看完鬼魂先生的稿子的。」

這會兒，古書先生可是激動得像隻噴氣的河馬一樣！

「我哪知道他那麼沒出息！」

露子看看古書先生、又看看舞舞子，囁嚅的問道：

「鬼魂……靈感的稿子，不好嗎？」

「靈感」就是那個鬼作家。他以前在人類的遺忘夢想與故事集散地——丟丟森林亂啃故事種子，造成「下雨的書店」的損失，因此他現在正重寫自己啃過的故事，以求贖罪。

舞舞子笑著打圓場。

「我想，他只是獨自寫作太久，忘記該如何站在讀者的角度思考了。我覺得，一定很快就能……」

「哼！」古書先生冷哼一聲，打斷舞舞子的話。

「舞舞子，我勸妳還是別過度期待比較好。我試著讀過他生前寫的所有書，簡直跟沒加料的湯一樣！只要用鍋子燒水，邊攪拌邊燉煮，每個人都以為自己煮了一鍋好湯，但是用膝蓋想也知道，少了適當的材料與調味料，哪稱得上一道料理？可是他偏偏不知道要加料！」

露子雙眼圓睜。其實她不大懂古書先生的意思，只知道他不喜歡鬼魂靈感所寫的書。莎拉嚇得要死，緊緊揪著露子的淡綠色雨衣。

古書先生用力搖頭，滿腹怒火的將稿子擱在桌子一角，再度埋首書堆。

舞舞子無奈的搖搖頭。露子對舞舞子探出身子，說道：

「舞舞子姊姊，我可以見靈感一面嗎？我想，他一定很沮喪。」

舞舞子一聽，垂下眉毛點點頭。

「是呀，這樣是再好不過了。他好像變不出新菜色……哎呀，我怎麼這麼說呢，跟剛剛的古書先生一模一樣。總之，只要妳們願意見他，他一定能打起精神。」

莎拉頓時眼睛一亮。她最喜歡鬼作家「靈感」了。可是，古書先生將寫作看得比什麼都重要，不願意讓他們見面。

「現在他在閉關趕稿，不過偶爾也該出來透透氣——」

舞舞子邊說邊望向書櫃。她拍拍手，呼喚精靈。

「書芊、書蓓！」

兩名精靈趕緊立正，接著飛向書櫃。她們抽出一本沉甸甸的書，一同努力搬過來。書的封面如鬼魂的身體般蒼白，標題寫著「寫作室」三個大字。然而，不只是標題，上頭還貼著寫滿字的各式標籤：

小心輕放！請勿掉落！

請勿喧嘩（歡迎閒聊）

別忘了偶爾來點蜂蜜牛奶慰勞我

大概就像這樣。

「裡頭是鬼魂先生的寫作室喔。」舞舞子說道。

這究竟是怎麼回事？

露子與莎拉目瞪口呆，舞舞子則敲了敲書本蒼白的封面。

「鬼魂先生，不好意思。露子跟莎拉也來嘍。」

舞舞子打開書本。

說時遲那時快，露子覺得五臟六腑似乎扭成一團，快要被吸走了！她頓時搞不清楚雙腳是否還站在地面，只知道才一眨眼，四周就變得與「下雨的書店」截然不同。

露子不禁掩嘴屏息，她身旁的莎拉也不例外。這裡就像個巨大的水槽底部。

閃亮的泡泡與散發出神祕光芒的水母群交纏上升，空氣的顏色有如高掛月牙的夜晚，時而扭曲搖晃。不僅如此，還有一群發出霓虹燈光芒的魚兒游過她們面前。紫色、粉紅色、鮮藍色的海草飄然舞動，好似一條條緞帶。天空降下星辰般閃亮的雪花，卻一點都不冷，好像待在雪花球裡似的。

「露子、莎拉，沒事的。」舞舞子咯咯笑著。

露子正小心翼翼的吸入空氣，莎拉卻突然大叫一聲，嚇得她不小心將空氣吞進去。

「靈感鬼哥哥！」

莎拉從露子身邊跑開，衝向矗立在房間（這裡的確是一個房間）正中央的大桌子。桌子周遭圍著成群的水母，發出朦朧的月光；那群水母中間似乎有隻大水母，但露子定睛一看，那隻水母卻有著柔軟的雙手、發出青光的眼睛，以及苦惱的抿成一字型的大嘴。

這間染上深群青色的房間不僅沒有門，連扇小窗戶也沒有。這裡像個巨大的雪屋，天花板呈現圓頂狀，連天花板頂端都是書櫃。露子覺得好納悶，為什麼天花板那些書不會掉下來？

房間裡的鬼魂真的像隻目露青光、血盆大口的水母老大。

他就是鬼作家——靈感。他坐在桌前，握著有模有樣的羽毛筆，埋頭與稿紙奮戰。莎拉一撲過去，他頓時慘叫著丟掉羽毛筆，濺出閃著金光的棕褐色墨水。

「討……討厭討厭、討厭啦～古書先生。我稿子還沒寫完……」

鬼魂喃喃自語，一副發燒燒過頭的樣子。

不過莎拉可不管那麼多，她揚起眉毛，拉扯鬼魂那副塑膠袋似的身體。

「人家不是古書先生，人家是莎拉啦！」

此時，鬼魂才發覺露子她們來了。

「喔……？喔、喔？」

鬼魂的表情倏的亮了起來。

「嗨！好久不見了耶。妳們都在忙什麼呀？我整天想著妳們到底什麼時候來，想到沒辦法做事，喏，連稿子都寫不出來——」

「哎呀！鬼魂先生！你又浪費稿紙了！」舞舞子大叫。

只見光滑的碎玻璃地板，遍布著寫過字的揉爛稿紙，大概有好幾百張。桌子旁邊有個水桶型的廢紙簍，但紙團已經多到滿出來。廢紙

簍上貼著一張標籤，上頭寫著「請愛惜紙張」幾個黑字。

鬼魂頓時變得畏畏縮縮，再縮下去，恐怕就要縮得比莎拉還小了。

「呃……呃……因為，我想教訓那些害我寫不好的稿紙，讓它們知道厲害……」

「你寫不出來，才不是稿紙的錯！」

舞舞子厲聲說著，用食指在空中畫了幾個圈。才一轉眼，散落在地上的紙屑和塞滿廢紙簍的稿紙，剎那間變得平整如新，成疊回到桌上。

鬼魂大受打擊。他撿起地上的羽毛筆，嘴裡嘟囔著。

「因為……我……根本寫不出好故事啊。古書先生連一次都沒說過『真是傑作！』呢。」

舞舞子無奈的嘆了口氣。

「冷靜點，請你好好寫寫看。鬼魂先生，我們準備這間寫作室，就是為了讓你集中精神、專心寫作呀。」

「可是——」

露子不禁插嘴。

「你至少改好了一本書吧？就是……被你破壞的故事種子。」

「……」

鬼魂死都不開口，像顆石頭似的。

這下子，輪到露子嘆氣了。這個鬼魂「靈感」當初死掉的時候，由於忘了自己的故事，因此到「丟丟森林」（這是遺忘的夢想與故事集散地）尋找自己的故事，到處亂啃夢想和故事種子。專門用雨水將故事種子培育成「下雨的書」的「下雨的書店」，為此深受其害，養出一堆無聊的書。

為了贖罪，靈感必須將爛故事全部改寫成好故事，這是古書先生給他的懲罰，也是工作。露子本來以為他應該做得順利又開心，看來是猜錯了。難怪古書先生那麼生氣。

話說回來——露子心想。

（「寫作室」耶，這裡太棒了吧，而且還有那麼多書。待在這麼好的地方，應該會產量大增才對呀，靈感也真是的。）

露子羨慕的仔細掃視這間海底寫作室。

「鬼魂先生，如果你累了，要不要吃點心？每次人家累了，媽媽都會叫人家吃點心。」

莎拉親暱的巴著這隻活像水母老大的鬼魂，搖晃他的手。舞舞子見狀，也垂下眉毛笑了。

「莎拉說得沒錯。鬼魂先生，露子和莎拉帶了罕見的人類甜點來，不妨出來喝喝茶，放鬆一下吧。」

露子贊成極了，而鬼魂更是樂不可支。

「哇塞！我好像活過來了！」

他彈了起來，在空中翻了筋斗。莎拉開心的笑了。

舞舞子對露子聳聳肩，然後輕輕拍手。才一眨眼，露子一行人已離開寫作室。

三　水母饅頭配茶吃

「那麼，如果最近那個書來瘋先生來了，就這麼辦嘍？」

「沒錯！對了，當務之急，得先解決『嗡嗡問題』啊，七寶屋老闆……」

一行人回到下著綿綿細雨的「下雨的書店」時，在場除了古書先生，還有一個人。不，還有一隻青蛙。

「七寶屋老闆，好久不見。」

身穿和服的青蛙「七寶屋老闆」，與古書先生隔著白色香菇桌相對而坐。露子對他點頭行禮。

「嗨，小朋友，蝙蝠雨衣好穿嗎？哎呀，這位小小朋友是？」

七寶屋老闆那雙溼潤的黃色眼睛，將焦點集中在莎拉身上。這是莎拉第一次見到七寶屋老闆。

「哎呀！七寶屋老闆，什麼風把你吹來啦？請容我介紹，這位是露子的妹妹——莎拉。」

舞舞子輕輕搭上莎拉的肩膀。莎拉被這位新客人嚇了一跳，這回她不是躲在露子後面，而是躲到鬼魂後面去了（不過鬼魂的身體是透明的，所以根本沒意義）。

「喏，莎拉，之前不是跟妳說過嗎？這位是什麼都賣的七寶屋老闆呀。」露子說。

然而，莎拉還是緊緊巴著鬼魂的背，死也不肯放開。

古書先生一見鬼魂離開寫作室，眼睛倏的透過黃色鏡片，發出危險而銳利的光芒。

「阿鬼，既然你離開寫作室……想必寫完了吧？一定是一部讓我心服口服的傑作吧？」

鬼魂一聽，倏的變成火燙沙灘上的乾癟水母，渾身僵直。

「呃、呃、呃、我……」

咳咳！舞舞子清清嗓子。

「鬼魂先生也需要喘口氣呀，古書先生。七寶屋老闆，你來得正好，今天露子她們特地帶了伴手禮呢。」

「喔？」

七寶屋老闆那雙瞳孔橫長的眼睛頓時亮了起來，淡粉紅色的長舌舔了舔嘴。

「哎呀哎呀，看來我來得正是時候呢。」

身穿洋溢夏季氣息的直條紋和服與時髦深藍色短外褂的七寶屋老闆，露出神祕的笑容。七寶屋老闆臉上總是掛著神祕的笑容。

「好了，來來來，大家一起喝茶吧。」

舞舞子在香菇桌上揮舞雙手，接著桌上竟然不下雨了。然後，她拿出一塊彷彿由黃昏與星空編織而成的布，優雅的攤在桌上。桌布發出嘩啦嘩啦的雨聲，小小的夢幻光點從桌布的圖案中飛了出來。如此這般，桌上出現了幾人份的茶杯，但裡頭是空的。

舞舞子先從露子與莎拉的禮品袋中取出點心盒，慎重的打開蓋子，宛如執行某種莊嚴的儀式。七寶屋老闆與古書先生也好奇的湊了過去。

露子與莎拉面面相覷，擔心了起來。希望他們別過度期待才好……畢竟這只是露子用私房錢去鄰近的日式點心鋪買來的點心，不像舞舞子所做的點心，既魔幻又稀奇。

然而——

「哎呀，這味道！」

最先發出讚嘆的，竟然是古書先生。

露子想起莎拉在路上狂甩伴手禮，擔心點心撞壞了，於是也湊過去瞧瞧。點心沒事，裡頭有六個光滑的水饅頭[1]，井然有序的排在一起。

「請問這道甜品叫什麼名字？」七寶屋老闆問道。

1　日式點心，類似台灣的涼圓。

「海月堂的水母饅頭。是夏季限定商品喔。」露子鬆了口氣。透明的水饅頭裡頭，塞了琉璃色、翡翠色與薊花色的水母造型寒天，看起來沁人心脾，彷彿剛從海裡撈上來似的。這水饅頭真不簡單。

「我看，不如就用薄荷茶來配水母饅頭吧。」

舞舞子才剛說完，每個茶杯倏的裝滿澄澈的鮮綠色茶水。咻咻……茶裡冒出細微的氣泡，好像氣泡水似的。這些飲料看起來也非常清涼。

露子數數茶杯的數量，皺起眉頭。茶杯的數量等於現場人數，顯然舞舞子忘了一個人。

「舞舞子姊姊，星丸的份呢？」

舞舞子聽了只是嫣然一笑。

「嗯，茶水放太久就不好喝了，所以等他來我再準備。」

可是——露子心想。星丸每次都會在下午茶時間準時抵達「下雨的書店」報到，雖然偶爾遲到，但就算他玩瘋了，也不曾遲到五分鐘。下午茶時間星丸竟然缺席？這太奇怪了。

舞舞子彷彿看透了露子的心思，她揚起山葡萄色的嘴脣，微微一笑。

「露子，妳不用擔心，他馬上就會來的。大家都知道，星丸有時會探險探得太過頭，稍微晚一點來喝下午茶。──來，大家快趁涼喝茶吧。」

即使如此，露子還是無法按捺這股奇妙的不祥預感。

星丸是由人類的「夢之力」所創造的夢想，也是一隻能變成人形的青鳥。丟丟森林的貘最喜歡吃夢，因此盯上了星丸；但是，最愛冒險與自由的星丸總是捉弄貘，反覆玩著「千鈞一髮逃出生天」的遊戲，享受那種刺激感。除此之外，他也喜歡到露子她們不知道的地方到處飛翔，成天探險、惡作劇。該不會星丸在某個地方遇到了危險吧？

「放心吧，露子。」

舞舞子看出了露子臉上的擔憂，只見她一邊將水母饅頭分到每個盤子上，一邊笑著說：

「自從上次你們出去探險之後，我做了一道預防措施。」

「咦？」

露子雙眼圓睜，舞舞子則咯咯一笑。

「簡單說呀，現在星丸沒辦法亂來了。喏，妳看那顆星星。」舞舞子伸出纖長的手指。

天花板有著各循軌道轉動的天體模型，仔細一瞧，旁邊有一顆發出白光的星星。那顆星星看起來有點調皮，它的光芒卻令人安心。

「若是星丸有什麼萬一，那顆星星就會變成紅色喲。如果星星變紅，就把它拉過來，那麼不管星丸在哪裡，都能瞬間回到『下雨的書店』。所以現在不用擔心。好了，別悶悶不樂，快來喝茶吧。」

露子點點頭，但總覺得還是靜不下心。她隔著雨衣，撫摸褲子口袋的小筆記本。真想快點讓星丸看看這東西……

不過，一看到用來配薄荷茶的水母饅頭，露子的心情就輕鬆不少，彷彿跳進晴空下的大海似的。

露子的水母饅頭是藍色的，莎拉的是紫色的。白色香菇從她們的屁股底下長出來變成椅子，莎拉的屁股就這麼被香菇抬起來，搔得她咯咯笑。

古書先生與七寶屋老闆也津津有味的吃著水母饅頭。七寶屋老闆一如往常的大口吞下，滿意的點點頭；而古書先生則好奇的從各種角度觀察，然後一次切下一點，一口一口慢慢吃，仔細品嘗。

「嗯，這東西……它是水母造型，味道甜而不膩。不僅如此，這賣相……嗯，賣相真好。舞舞子，我們一定要進《人類的日式甜點——種類與系統百科》這本書。」

「就是說呀！我第一次吃到這麼稀奇的甜點呢。」

舞舞子雙手托著腮幫子，彷彿不托住就會掉下來似的。

露子與莎拉相視而笑。真沒想到，他們居然吃得這麼開心。露子很高興古書先生與舞舞子賞臉，而鬼魂彎著身子大快朵頤的模樣，則令莎拉感到開心。

「哇塞，好懷念喔……我生前好像吃過這種甜點耶。當然，是趁著寫作的空檔吃的……說不定吃了這個，我就能寫出好故事了……」

星丸不在，露子覺得實在太可惜了。她沒想到七寶屋老闆會來，因此只買了六個（露子、莎拉、舞舞子、古書先生各一個，書芊與書蓓合吃一個，星丸一個）。可是，由於多了七寶屋老闆，舞舞子只好將自己的份分給兩個精靈。

（星丸真是的，到底跑哪兒去了？再不回來，七寶屋老闆搞不好會再吃一個……）

露子擔心的偷瞄七寶屋老闆，只見他滿足的一口喝完薄荷茶，放鬆休息。

「對了，古書先生。」

舞舞子為坐在桌上的書芊、書蓓將水母饅頭切成小塊，一邊發問。

「剛剛我隱約聽到你們聊天，那個書來瘋先生該不會是……」

古書先生的盤子上只剩下水母，原本正用竹籤認真戳它，聞言趕緊抬起頭。

「喔喔！沒錯，舞舞子！聽說那個知名的神祕狂龍——書來瘋先生，要來我們『下雨的書店』啊！」

露子叼著竹籤，眨了眨眼。神祕狂龍？書來瘋先生？這些詞真陌生。

「這傳聞是真的嗎？我的意思是，情報可靠嗎？」

舞舞子的神情似乎有點緊張。古書先生將寒天水母留在盤子上，重重點頭。

「舞舞子，傳聞之所以叫作傳聞，就是因為毫無根據……不過，這回並不是空穴來風，我看八九不離十。畢竟是透過鳥類情報網傳過來的。鳥類掌握了世界上大部分的資訊，而其中最優秀的就是渡渡鳥。這件事情，可是傳得跟風一樣快呢。」

舞舞子面色凝重的托著腮幫子。

「但這麼一來，就有點棘手了。畢竟說起書來瘋先生……」

舞舞子話才說到一半，古書先生便揮出小小的翅膀。

「沒錯！大家都知道，書來瘋先生是『醉書者』，幸好他從未來過我們『下雨的書店』。他走遍世界各地的書店、古書店與圖書館，一旦對那個地方的藏書不滿意，就會毀了那間店……臨走時，還會撂下一句狠話：『不及格』。」

最後，古書先生還從桌上探出身子，語氣低沉而陰狠。

露子跟莎拉看得目瞪口呆。

古書先生坐回香菇椅，大大嘆了口氣。

「而我們『下雨的書店』呢，也有一個大問題……就是關於『獵書嗡嗡』的問題。」

「哎呀，『獵書嗡嗡』怎麼了嗎？」

所謂「獵書嗡嗡」就是書蟲，蟲如其名，牠們是一種會棲息在書本上嗡嗡叫的昆蟲，愈是好看的書，愈能引來一堆「獵書嗡嗡」（七寶屋老闆最愛「獵書嗡嗡」了——就像青蛙喜歡蒼蠅一樣）。

「數量果然不夠嗎？」

露子不禁探出身子。自從「靈感」毀掉故事種子以來，許多書都養不好，導致「獵書嗡嗡」數量大減。

然而，古書先生搖搖頭。

「不，不。現在的問題不是數量。不過，數量當然是愈多愈好。」

此時，古書先生瞥了鬼魂一眼。鬼魂嚇得身子一僵，不小心將正要入口的薄荷茶灑在草皮地板上。

呼──古書先生又苦惱的嘆了口氣。

「其實呢，問題在於『獵書嗡嗡』這個名字啦。」

「到底是怎麼回事？」露子一頭霧水。

此時，七寶屋老闆從容的解答露子的疑惑。

「簡單說就是這樣啦，小朋友。其他的書店和圖書館好像都不是叫牠們『獵書嗡嗡』，而是各有不同稱呼──比如『讀書蟲』啦、『Book Fly』啦、『頁間居民』啦。不過呢，我本人認為，沒有比『獵書嗡嗡』更貼切的稱呼了──」

古書先生忽然粗聲粗氣的打斷七寶屋老闆。

「不不不，七寶屋老闆！我這個店長，對『下雨的書店』的藏書是充滿信心的！當然，蟲的數量是比以前少了一些……我認為，即將到來的書來瘋先生一定不會喜歡『獵書嗡嗡』這名字！仔細想想，這名字也太幼稚了吧，真是的……這是上一代的渡渡鳥老書先生所取的，雖然我沿用了，但應該想個更好的名字才對……比如『棲書擁翅者』啦，或是『書中尋自由蟲』之類的……」

舞舞子似乎很無奈，七寶屋老闆則咧嘴一笑，揮揮細長的綠手，安撫古書先生。

「算啦算啦，古書先生。這麼拗口的名字，不適合那些善良小蟲啦。『獵書嗡嗡』最棒了，我想書來瘋先生一定也會認同。我保證。」

不過，古書先生還是面色凝重。

莎拉似乎完全在狀況外（露子也一樣），只見她將蝸牛放在桌上，和書芊、書蓓玩了起來。

就在此時，舞舞子猛然站起來，大夥兒紛紛望向她。她面色鐵青的拔腿狂奔，整塊桌巾滑到地上，茶水和點心都撒了一地。

「星丸！」

舞舞子無視桌邊的凌亂，放聲大叫。露子驚覺一件事。舞舞子剛才說的那顆攸關星丸安危的白色星星，發出了不祥的紅光！露子臉色大變，站了起來。

舞舞子迅速往天花板伸出手，用力拉動紅光星星那條看不見的線。星星的紅光頓時照亮整家店，雨水噴向四面八方，震動櫃子上的雜物與書本。緊接著，星丸竟從閃亮的紅光中滾了出來！

「星丸，你沒事吧？」

舞舞子出聲關心，露子也趕緊跑過來。穿著藍色長袖上衣、打著赤腳的人形星丸抬起頭，像隻小狗般搖搖頭。

莎拉倒抽一口氣，緊緊抱住鬼魂。而跑到一半的露子，也愣著停下腳步。

「嗨，今天的下午茶，可能還得多準備一份喔。」星丸調皮的說道。

下午茶還得多準備一份——沒錯。因為，星丸扛回了一個陌生人。

四　意外的訪客

此人的打扮真是奇妙。這名年輕男子的身體壯得跟牛似的，一頭黯淡無光的灰髮紮在後腦，看起來跟營養不良的松鼠尾巴沒兩樣。亮灰色和服配上虎紋腰帶，和服衣襬大大往上撩，雙腳穿著黑色緊身褲及大木屐。

「哎呀——怎麼會這樣？電電丸！」

舞舞子猛的倒抽一口氣。此人雙膝跪地倒在星丸背上，古書先生原本一臉狐疑的看著他，聞言又望向舞舞子。

「舞舞子，妳認識他？」

「嗯……嗯，可是，他怎麼會……」

舞舞子似乎非常訝異。

「星丸，你沒事吧？」

露子跑到星丸身邊端詳著他，生怕他哪裡受傷了，而星丸只是神氣的抹抹人中。額頭上有一顆白色星星的星丸，淘氣十足的咧嘴一笑。

「嗨，露子。妳猜我去哪裡探險了？聽了保證嚇壞妳！聽好嘍，我去了長頸鹿林——」

「你說長頸鹿林！」

舞舞子的音量愈來愈高。

「星丸，你去了那麼危險的地方？」

星丸不以為然的聳聳肩。

「如果不遇到一點危險，妳特地準備的『安全之星』，不就派不上用場了？」

舞舞子萬般無奈的搖搖頭，至於露子，根本不知道他們在說什麼。「長頸鹿林」？她完全沒聽過這種地方。

「況且，要不是我去了長頸鹿林，這個人早就被牙吃掉了。」

說完，星丸搖晃趴在他背上的男人。他似乎毫髮無傷，但不知為

何一直趴著，動也不動。

舞舞子趕緊蹲下來，湊近星丸與那男人。

「星丸，你沒事吧？啊，謝天謝地……電電丸，你有沒有受傷？到底為什麼要去長頸鹿林！還不快點回答我！」

看來，這個人叫作電電丸（怎麼一堆名字怪異的人呀，露子心想）。電電丸重重抬起頭，好似沉眠已久的烏龜。他有一對憂愁的粗粗八字眉，嘴脣嘟嘟的，活像小時候口哨吹太多，結果吹到嘴型回不去似的。

「……我，好、好餓……」電電丸氣若遊絲地說道。

大夥兒看得目瞪口呆，而七寶屋老闆則奇妙的「嘓」了一聲。

電電丸坐在香菇桌邊，大口大口吃著一顆顆飯糰。這是七寶屋老闆所準備的。翡翠色大盤子寬得像池塘一樣（真的像池塘，盤子邊緣都是青蛙圖案），飯糰堆得跟山一樣高。

「這東西叫作『聚寶盤』，是我剛進的古董。只要把盤子放在面前，想吃的東西就會堆得跟山一樣高，真是方便啊。我想把這東西放在我們店裡，倘若臨時有客人上門就很方便，而且重點是品質很好。」七寶屋老闆解釋道。

這盤源源不絕的白色飯糰山令露子和莎拉看得倒抽一口氣，而星丸則看得津津有味。

話說回來，電電丸的吃相真是驚人。他是飢餓的熊？還是餓死鬼？只見他不斷掃空飯糰，好像怎麼吃都填不飽肚子。露子猜想，他一定是在莎拉感冒前就餓肚子了。

鬼魂與莎拉黏在一起，默默看著電電丸嗑飯糰。星丸見夥伴吃得開心，自己也伸手一拿吃了起來。

至於古書先生，則要求舞舞子解釋這名不速之客的來歷。

「好了，舞舞子。說清楚，他是什麼東西？看起來不像是人，也不是鳥，當然也不像妳是精靈使者。那麼，他到底是什麼？」

古書先生瞥了電電丸一眼，眼神就像是看著大吃飼料的野狗。舞舞子見電電丸精神還不錯（吃得下這麼多東西，肯定很有精神），便稍微鬆了口氣。

「電電丸是雨童。」

舞舞子對著古書先生和大夥兒說道。

「露子、莎拉，妳們一定不知道什麼是雨童吧？他們負責下雨，對了，說起來就像雨的快遞員。平常他們住在烏雲上面。」

別人在談論自己，電電丸卻連頭都不抬一下，一逕吃著飯糰。露子滿懷戒心的盯著電電丸，然後望向舞舞子。

「請問……他該不會跟舞舞子姊姊一樣吧？」

舞舞子本來是人類，卻將一半的自己分給精靈，接著成為精靈使者。若要精靈（無論是多麼平易近人的精靈）成為某人的「侍從」，必須給他們某種東西。那麼，莫非這個電電丸原本也是人類，卻在做了某件特別的事情後變成雨童？

書芊和書蓓似乎對狼吞虎嚥的電電丸略有戒心，舞舞子搭著她們倆的肩膀，點頭說道：

「沒錯，露子，妳真聰明。電電丸跟我算是遠房親戚。我們這個家族，好像很容易生出從事特殊工作的人——例如精靈使者啦、鯨魚公主啦、流星嚮導之類的。電電丸也是其中之一，他是自願成為雨童的。」

古書先生趕緊打岔。

「舞舞子，等一下！雨童不是像精靈一樣，是一個種族嗎？就算他跟妳有血緣關係，一個人類也不可能變成雨童啊。」

舞舞子驟然揚起眉毛。

「哎呀，古書先生。就算是普通的人類家族，也有可能突然生出天生的畫家或音樂家，這不是常有的事嗎？」

古書先生用翅膀對著臉搧風，一副很受不了的樣子。

「歷史上偶爾會發生那種事，但是我從未聽過有人想當雨童就當雨童的。這跟天生的詩人、畫家或音樂家哪能相提並論，差得遠了。簡直就像渡渡鳥有一天突然——」

說到這兒，古書先生瞥了電電丸一眼。

「變成肉食恐龍一樣。」

「可是，事實擺在眼前，電電丸的工作就是雨童。」舞舞子說道。

「聚寶盤」的食物已被掃得精光，電電丸重重坐在椅子上，撫摸膨脹的肚皮。他嘴邊沾著飯粒，還打了個嚇死人的嗝。

露子傻眼的想著：如果家人都從事一些神奇的職業，我一定也會想做些獨特的工作。

「總之，電電丸就這麼順利當上雨童了。聽親戚們說，電電丸從很小的時候起，就投注了超乎常人的努力。住在烏雲上之後，他也得到其他雨童的認同，開始派送雨水。長大之後，我們見過幾次面。畢竟我是精靈使者，多少會聽到雨童的消息。聽說沒有人嘲笑他的人類身分，工作也做得很順手——」

說到這兒，舞舞子望向心滿意足撫摸肚皮的電電丸。

「你說說看，你到底為什麼離開烏雲，而且還偏偏跑去長頸鹿林？」

「哎……」

電電丸的聲音，真聽不出來是回答舞舞子，還是吃太飽導致嘆氣。

「呃，兩個妹妹。」

電電丸眼睛骨碌碌的望向露子和莎拉，嚇得她們倆縮起身子。或許是因為吃飽的關係吧，那雙吹口哨吹壞的嘴脣已不像剛才那麼嘟，但眉毛依然是八字眉，圓滾滾的眼睛也心神不寧的四處亂看。雷電丸的手不再撫摸撐大的肚皮，伸手從和服袖子掏出兩顆插著短筷、包著糯米紙的水麥芽[2]，遞給莎拉跟露子。露子的是紅色的，莎拉的則是綠色的。

露子和莎拉呆若木雞的接下水麥芽，這回雷電丸又從袖子掏出木製的海螺造型溜溜球，扔給星丸。

「一個弟弟。」

不僅如此，他還把色彩繽紛的鞭炮扔過去。

「這是謝禮，謝謝你救了我喲。」

「哇塞，太棒了！」

高興的只有星丸一個人。他立刻將溜溜球的繩子穿過手指，玩了起來。

「好好喔。」鬼魂說。

莎拉原本將水麥芽靠在鼻尖上，一聽，馬上將水麥芽遞給鬼魂。這可是他第一次見到水麥芽呢。

「呵呵呵，這個呀，要這樣拉長繞過來吃……」

鬼魂和莎拉吃水麥芽吃得不亦樂乎，而星丸當然更不用說了。

露子看出古書先生跟舞舞子快氣炸了（尤其是舞舞子），於是戰戰兢兢的探出身子。

「呃……舞舞子姊姊問的是，呃，為什麼你離開烏雲，跑去長頸鹿林……」

電電丸一聽，頓時皺起眉頭，注視舞舞子。

「呃、呃，舞舞子……不要、再送書來了。」

2 水飴，類似無色透明的麥芽糖。

電電丸的答覆簡直牛頭不對馬嘴，但是舞舞子似乎聽懂了。她倏的板起那張乳白色的臉蛋。

「電電丸！」

舞舞子一吼，鬼魂、莎拉與星丸全都愣住了。

「聽好了，就算你變成雨童，也沒有任何神明能剝奪你閱讀的樂趣！你不是比古書先生還熱中讀書的愛書人嗎？你不是拜託我這個『下雨的書店』的助手，若是看到好書就送過去給你嗎？為什麼現在你卻說別再送書了？說起來，你從剛才就一直扯開話題、答非所問——」

「好了、好了。」

七寶屋老闆揮揮手，安撫舞舞子。

「舞舞子，別這麼激動嘛。對我們青蛙而言，雨童也是非常彌足珍貴的。想必他有什麼苦衷吧。怎麼樣？電電丸先生，不如就將來龍去脈說個清楚吧。」

被那雙溼潤的黃色眼睛一盯，電電丸不禁尷尬的縮起肩膀。然而，他還是怯怯點頭，說道：

「我、我就知道，還是青蛙比較講道理。可是，我沒辦法講得太清楚喔。」

露子從來沒見過舞舞子變得如此面紅耳赤，連飄浮在她鬈髮四周的珍珠顆粒都開始顫抖。

「我想努力回去雲上，因為如果沒辦法持續運送雨水，我這個雨童就失職了。可是，事到如今又不能回家，所以就在地上到處流浪。我想趕快回到自己的雲上……所、所以，不要再送書來嘍。」

最後那一句，他是對著舞舞子說的。露子從未見過舞舞子露出如此悲傷、彷彿被全世界拋棄的表情。兩名精靈怕得不得了，拚命抱著舞舞子的兩邊耳環。

「咳咳！」

古書先生重咳一聲，撼動了整家店。

「小子！電電丸！」

古書先生的短翅膀犀利的指向電電丸。滿月鏡片後方那雙眼睛射出銳利的光芒，他的眼神從未如此嚴厲。

「你說別再送書，意思是說，你不想再讀書了？是這樣嗎？不像話！真是太不像話了！這年頭的年輕人，到底是怎麼了！

你給我聽好。在從前的美好年代，我們不只是從早讀到晚，而是從早上讀到隔天早上。不管是月蝕還是日蝕，我們都收集光核，為了增強夜視能力，還不惜吃掉會產生幻覺的蘑菇，以便繼續讀書。我這個『下雨的書店』的店長敢向你們保證，舞舞子跟書芊、書蓓的選書品味絕對是一等一！以前我們送過去的書，有哪一本不好看？一本都沒有吧！那是因為舞舞子和她的精靈們運用直覺，為你選出了最適合的書。

明明你坐擁一大堆好看的書，卻說什麼不想看書？笑話！說個理由來聽聽啊！你最好有個能說服我的好理由，否則別想走！要不然，你就是踐踏我的助手和精靈們的顏面！哼！」

古書先生冷哼一聲，盤起翅膀。舞舞子那雙黃昏色眼眸感動得泛起淚光。而舞舞子肩上的書芊和書蓓，眼中也閃爍著藍寶石色的光芒。

雹雹丸嘟嘟的嘴變成了扁扁的酸梅嘴。

「那、那、那我就說給你們聽……可是我覺得，這不是什麼有趣的故事喔。」

五　電電丸娓娓道來

「我喜歡一邊送雨，一邊在雲上讀書。」

電電丸語畢，舞舞子那緊繃的面容倏的有了一絲喜悅，而牢牢瞪著電電丸的古書先生也流露出滿意的神色。

露子按捺不住，問道：

「問你喔，『送雨』到底是怎麼決定的？因為，有些地方可是好幾星期、好幾個月都不下雨呢。」

露子驚覺自己插了嘴，於是心虛的縮起身子，環視眾人。電電丸聳聳肩，答道：

「我不清楚。畢竟雨兒喜歡地面嘛，所以烏雲去哪裡，雨童就去哪裡，然後看著雨水降落，偶爾也會出手幫忙。雨童的工作，說穿了就是這樣而已。雨水想落在哪裡就落在哪裡，有時是它們喜歡的地方，有時是它們想淹掉的地方。大概吧，我也不清楚。」

電電丸的話簡直令人聽了一頭霧水。七寶屋老闆接著往下說。

「古書先生、舞舞子，你們應該都很清楚吧？雨水是這星球的故事本質，而地面——大地，則是故事的搖籃。大海也一樣。所謂的地球，就是一顆不停轉動的故事紡織車。」

「沒錯！」

古書先生低吟。

「地球就是一本偉大的書！這本大書，記錄了這顆星球從誕生之初到這一刻的無數故事，因此，地球上的水——遨遊於大地、大海與天空的雨水，點點滴滴都蘊含著地球的故事。所以，我們『下雨的書店』才能用雨水孕育書本！

作家從世界上汲取故事、寫成作品，這顆星球也一樣；它讓『水』參與了生老病死，藉以編織故事。所謂的『雨』，就是連結這部巨作、連結天地的絲線。」

七寶屋老闆咧開大嘴露出沉穩的笑容，點頭接腔。

「小朋友，關於妳的問題，沒人知道答案喔。連雨童也不知道。天空的動向固然可猜測一二，但是沒人敢打包票。

該怎麼說呢？我個人認為，雨這傢伙實在太喜歡這個世界，導致一會兒想去那裡緬懷一下、一會兒忘記這個地方、一會兒又在那裡狂下雨，弄成土石流……所謂的雨呢，簡單說來，就是熱愛這顆星球的天公。」

「天公？」

露子跟莎拉異口同聲問道。

「天公分很多種，有神明啦、妖怪啦、妖精啦、精靈啦，而我們青蛙將祂們統稱為天公。」

「媽媽說過！」

莎拉猛然彈起來，活像整人玩具似的。莎拉不畏眾人的注視，神采奕奕說道：

「媽媽說月亮就是『天公』。媽媽說過『天公保佑』！氣飽屋老闆，月亮也是天公嗎？」

露子大吃一驚。她完全不知道莎拉跟媽媽聊過那些話。媽媽居然只告訴莎拉？露子覺得自己好像被排擠了，於是偷偷瞪了莎拉一眼，心坎彷彿刺了好幾根針，真不是滋味。

為了轉換心情，露子專心想著口袋裡的小筆記本。

（哼，虧我還特地帶她來「下雨的書店」呢，莎拉這豬頭……算了，待會我就寫下來。）

七寶屋老闆老神在在的回答莎拉。

「小朋友，不是『氣飽屋』，是『七寶屋』喲。妳說的沒錯，月亮和太陽就是人類口中的天公。」

露子覺得自己好像局外人（也像錯過火車的旅客），趕緊加入話題。

「欸，這麼說來，也難怪雨水愛下不下的，完全看它們的心情嘛。我本來以為既然是『送雨』，那麼烏雲的走向一定是由雨童決定的呢。」

電電丸點點頭，意思是「妳說對了」。

「好，你為什麼跑去長頸鹿林？」舞舞子催促道。

電電丸從袖子裡掏出塑膠菸斗，皺起眉頭吞雲吐霧，一副若有所思的樣子。不過，他馬上察覺星丸也想要，於是便給了星丸、露子和莎拉各一支玩具菸斗。看來，電電丸的袖子暗袋就像百寶囊，裝滿了各種有趣的玩意兒。

「所、所以，我就一邊送雨，一邊讀書……」

「那你又為什麼離開雲朵，跑去長頸鹿林？」

舞舞子似乎很不耐煩。「叭！」電電丸吹響菸斗。這聲響怪搞笑的，星丸也學他吹了一次。

「呃……我不是離開雲朵，而是被推下來的。」

「你說什麼？」

舞舞子臉色大變。電電丸扭扭嘴脣，似乎正努力回想。

「我本來在看書啊，然後就被推下來了，嗯。」

說完，他又吹響菸斗。這回連莎拉都有樣學樣，露子趕緊白了莎拉一眼，要她別亂來。

「你到底在說什麼？」

連古書先生都煩躁起來，努力忍著不發飆。

「骷髏。」

電電丸一說，所有人頓時都愣住了。電電丸見大家錯愕的盯著他瞧，不禁尷尬的用菸嘴搔搔頭。

「有一隻骷髏龍，他突然搶走我手上的書，說了聲『無聊！』，然後就把它從雲上扔下去了。他好像用骷髏尾巴掃了我一記，嗯，然後，我就被掃下去，跟著書本從雲上掉落。然後，就不小心掉在長頸鹿林了，嗯。」

骷髏龍？露子、莎拉、星丸與鬼魂個個目瞪口呆，一頭霧水。然而，古書先生、舞舞子與七寶屋老闆全都從桌上探出身子，面面相覷。

「古書先生，該不會！」

「嗯，絕對錯不了，舞舞子！我的天啊……」

「長頸鹿林的上空呀……看來，他應該是被雨童手上的書所引來的，那麼，他已經離我們不遠了……」

「叭！」星丸用力吹響菸斗，甩著腳大聲說道：

「欸，我是不知道你們在說什麼啦，我可以去丟丟森林了嗎？待在這裡好無聊喔。」

嘴上說無聊，星丸倒是玩電電丸給的菸斗玩得不亦樂乎。

「……是書來瘋先生。」

古書先生喃喃低語，彷彿這幾個字是可怕的魔咒。露子一行人看傻了眼，古書先生則慌張的拍動翅膀，好像想用那雙小翅膀捲起風暴似的。

「是神祕狂龍──書來瘋先生啊！他終於、終於、終於要來我們『下雨的書店』了……哎呀，電電丸老弟，真是苦了你啊。雖說是書來瘋先生把你掃下來，但你不惜追著書本跳下烏雲，真是有骨氣！我以你為榮！」

儘管舞舞子依舊一臉憂愁，卻也輕撫胸口，似乎放下了心中的大石。古書先生這麼一誇獎，電電丸不由得面紅耳赤。

「然、然後呢，我就掉到長頸鹿林，一邊躲避『牙』，一邊度日。一旦從雲上掉下來，我就再也飛不回去了……畢竟我本來是人類嘛。然後哩，弟弟就來了，嗯。」

電電丸那雙圓滾滾的眼睛注視著星丸。星丸心想機不可失，趕緊從香菇椅起身，挺起胸膛聳聳肩。

「沒錯！正當他在長頸鹿林被泡泡和牙追殺的時候，就是我——天空勇者星丸——救了他！」

舞舞子扶著乳白色額頭，書芊和書蓓用力抱住她的鬈髮，以免她一時衝動。

「欸，長頸鹿林是什麼？你們說的那個牙，是生物嗎？」

露子偏偏頭。「噗！」星丸用袖子掩嘴，噗嗤一笑。這是星丸的老習慣，每當他嘲笑露子，就會這樣笑。

「露子，你們人類連這種事都不知道喔？說到長頸鹿林啊，可是比丟丟森林危險好幾倍呢！那裡到處都是牙，相較之下，丟丟森林的貘根本不夠看。」

露子生氣的癟起嘴。

「牙到底是什麼啦？」

只見星丸不改臭屁的態度，大搖大擺的坐在椅子上說道：

「牙跟生物不一樣。牠們看起來像是光，而且還是電光石火的閃光。當妳覺得附近有閃光時，咔嚓！」

星丸模仿啃咬的動作。

「妳的身體呀，早就被千刀萬剮了。」

露子頓時呆若木雞。她真難以想像，「牙」是多麼危險的東西。那裡到處都是牙，電電丸居然能平安無事待上好幾天，真扯；而說到星丸，就算他再怎麼喜歡冒險，特地跑去那麼危險的地方，也真的太超過了。

「總而言之，神祕狂龍書來瘋先生就快要到了……快到了……說不定，一分鐘後他就到了！」

古書先生慌張得不得了，抱著頭念念有詞。

鬼魂朝露子她們湊過去。

「我是不大清楚啦，不過大家都拿到了好玩具，這不是很好嗎？肚子也飽了，大家何不把這個人送回雲上？」

露子跟星丸面面相覷。

「可是……我們知道哪裡有烏雲嗎？雲又不會固定停留在同一個地方。」露子皺起眉頭。

舞舞子無奈的說：

「是呀，露子說的沒錯……不過，雨童可以呼喚自己的烏雲，就像呼喚自己的馬一樣……問題是，電電丸不會飛。畢竟他原本是人類，所以還是無法跟其他雨童一模一樣。」

此時，星丸意氣風發的跺了個腳。

「不用擔心！有我在怕什麼，而且露子也有蝙蝠雨衣，我們兩三下就能把他送到雲端了！」

「真是的，鳥就是這麼急性子。」

鬼魂無奈的搖搖頭，然後輕柔的撞了莎拉一下。

「我覺得光靠星丸跟露子，應該很～難扛著大人飛上去吧？」

莎拉聽出鬼魂的言外之意，整張臉亮了起來。舞舞子似乎也聽懂了，但仍然一臉擔憂的望向電電丸。

「電電丸，把你從雲上掃下來的，是一個叫作書來瘋先生的『醉書者』。因此，他被你正在閱讀的書吸引過去，對書挑毛病，而且還遷怒到你頭上。」

「喔～」電電丸點點頭。「的確，他明明一身骨頭，卻像個醉漢。」

「現在，書來瘋先生恐怕正在通往『下雨的書店』的路上。如果他來了——要是真到那一步，我還真不知道會有什麼下場——那接著他應該會去遠方的書店或圖書館，所以你不用擔心書來瘋先生會再度對你下手。因此……今後，請你繼續讀書。」

舞舞子在胸前握緊雙手，彷彿祈禱著什麼。電電丸一副要吹口哨似的扭扭嘴脣，最後默默點了個頭。

這下子，總算了結了一件事，露子心想。

「好了，電電丸哥哥，該回到雲上了吧？」莎拉喜孜孜說道。

電電丸重重頷首。莎拉見狀，用力吐出一口鼻息（好像古書先生似的）。

「那人家要送你回去！」

「好啊。」星丸從香菇椅彈起來。「當然，我和露子也一起去。電電丸，你能叫回自己的烏雲吧？」

「嗯，算是吧……我的雲上頭堆了很多書，所以我一聞書的味道就知道了。不過，那隻骷髏龍，搞不好把我的書全丟了。」

「哪有這種事！」舞舞子大叫。「我送給電電丸的書，每一本都是極品好書！就算他是書來瘋先生『醉書者』，我也不允許他對每本書都挑毛病！」

「沒錯！」古書先生大嘆。「電電丸老弟，我很感謝你。你為我們帶來了許多勇氣。就算他是書來瘋先生，也不准對我們『下雨的書店』的藏書說三道四！如果他是『醉書者』，我們就是『愛書者』。『下雨的書店』有好書，也有稀奇的書；不只我們喜歡，客人也很喜歡。我絕對不准他對我們書店的書，雞蛋裡挑骨頭！」

古書先生用力搥桌，震得柔軟的香菇桌歪了一邊。

「古書先生，很高興看到你重振威風！」

七寶屋老闆將「聚寶盤」收進短外褂的暗袋，咧嘴一笑。

「可是，星丸和小朋友，在你們出門前——」

七寶屋老闆依序打量露子、星丸與莎拉，然後「嘓」了一聲。七寶屋老闆的那雙黃色眼睛的橫長瞳孔鎖定了露子。

「需要買個東西。」

「咦?」露子瞪大眼睛。「我?」

露子指著自己,一下看看莎拉、一下瞧瞧星丸,想確定自己沒誤會。七寶屋老闆慢慢的搖搖頭。

「小朋友,需要買東西的人,就是妳。來來來,請到落櫻繽紛盒買化妝品。」

七寶屋老闆一邊說著,一邊將七色盒中盒一字排開,擺在歪曲的香菇桌上。

「可是,我又不化妝。」

露子出聲抗議,但說時遲那時快——

「歡迎光臨。」

才一眨眼,她已經在七寶屋老闆店裡了。

風格沉穩華麗的藍色牆壁與地板,羅列著幾排彷彿由薄冰製成的

美麗玻璃櫃，當中擺滿了令人眼花撩亂、不知該如何使用的化妝品，宛如百花齊放。店裡充斥著濃濃的化妝品味，差點令人窒息。

比巨人還巨大的莎拉、星丸，以及活像海怪的鬼魂，從沒有屋頂的天花板探出頭來。

「好棒喔！人家也想進去！」

莎拉一嚷，條的震得店裡的玻璃櫃嘎嘎作響。

露子真想嘆氣。七寶屋老闆能看出客人需要什麼，然後以「沒買這項物品的未來」為代價，將東西賣給客人。露子一想到又要交出自己的未來，不禁胃部一沉。其實，拿自己不需要的未來來換東西也沒什麼大不了，但是畢竟那是自己可能擁有的未來，具有不同的可能性，就這樣交出去實在不是滋味。七寶屋老闆所賣的東西一定能派上用場，但這回可是化妝品，跟露子可說是八竿子打不著關係。

「這個這個，就是這個。」

化妝品和香水的味道好刺鼻，玻璃櫃又亮得像剛下的雪一樣刺眼，露子都快頭暈目眩了。七寶屋老闆將某樣東西捧在掌心走過來，攤開手。

那是一個小小的白色方盒，四周鍍著金銀色的小花。

「這是百花彩妝盒。舉凡眼影、腮紅、口紅到指甲油，全都收在裡頭，非常方便。」

露子打開彩妝盒，裡頭有櫻花色、雞蛋色、天空色、藤蔓色、嫩葉色、新芽色、繡球花色、蜂蜜色、鬱金香色、水蜜桃色……各種稀有色調的彩妝盤。蓋子背面是鏡子，照出露子驚訝的面容。

「購買化妝品時，一定要仔細閱讀使用說明……來，就是這個。畢竟，很多客人用了之後覺得顏色跟想像中不一樣，因而跑來退貨呢。」

七寶屋老闆一指，露子便依言閱讀彩妝盒的使用說明標籤。使用說明上寫著：

「百花彩妝盒，讓您魅力滿分！使用方法超簡單，只要轉動彩妝盤右下角的鈕，就能為您選出最適合今天的顏色……」

如使用說明所示，彩妝盤右下角確實有朵金銀相間的小小金屬花。露子試探性的轉動花朵旋鈕，結果你們猜怎麼著？

每個顏色的彩妝盤底下各自冒出新顏色，現在盤面上有：蘋果色、草莓色、白雪色、夏季天空色、螢火蟲色、蒲公英色、勿忘草色、雨水的銀色、祖母綠色、藍蟲色、巧克力色、新月色……都是些帶有神祕感又令人雀躍的顏色。

「這到底能幹嘛？」

為了保險起見，露子決定在購買前先問個清楚。七寶屋老闆露出高深莫測的笑容，笑嘻嘻的不斷搓手。

「時機一到，妳就知道了——好了，小朋友，我要跟妳收帳嘍。

請把沒有百花彩妝盒的未來交給我。」

七寶屋老闆從玻璃櫃後面拿出那個栗子底色搭上黑釉的壺，打開蓋子對準露子。露子的胸口冒出一條發光的銀色帶子，倏的被吸進黑漆漆的壺裡。這就是向七寶屋老闆購物的方法。

露子皺起眉頭，注視手中的白色彩妝盒。希望這東西能派上用場嘍……當然是化妝和塗指甲油以外的用場。

露子一從七寶屋老闆的商店回到「下雨的書店」，星丸便豪邁招手，說道：

「好了，走吧！」

六　莎拉的玻璃大象

舞舞子從書店深處拿出摺好的蝙蝠雨衣。雨衣的款式樸素又烏黑，袖子就像蝙蝠翅膀一樣尖尖刺刺的。這是露子向七寶屋老闆所買的第一樣東西，一件背後長翅膀的飛行雨衣。露子很快將淡綠色雨衣換成刺刺雨衣，也將百花彩妝盒收進口袋裡。

「從丟丟森林過去，應該是比較安全的途徑吧？」七寶屋老闆將七種顏色的盒子按照大小依序收納，放入短外褂的暗袋。

古書先生點點頭。

「嗯，從那邊過去，不必擔心遇到書來瘋先生。說到視野良好的地方，『下雨的書店』最近的就是丟丟森林。」

莎拉興奮得不得了，像顆廟會氣球一樣彈來彈去，天不怕地不怕的拉著電電丸的手。

「電電丸哥哥要跟人家一起去！」

電電丸一聽眨了眨眼，彷彿眼睛進了沙子似的。

「露子，今天我們一定要比比看疾速降落！」

星丸變成一隻琉璃色的小鳥，引吭啼叫。所謂的疾速降落比賽，就是從丟丟森林的樹尖以超越自由落體的速度穿越樹枝降落，然後在快落地時抬頭往上飛，是一種超級緊張刺激的遊戲。然而，露子還來不及回答，舞舞子便厲聲告誡。

「星丸，今天可不是去郊遊喲！聽好了，你千萬不能挑釁貘喔。」

原本在空中盤旋的星丸停在露子頭上，低聲的抗議「吱」了一聲。

「好，那麼，」七寶屋老闆揮揮手打圓場。「我先告辭了。兩位小朋友、星丸，還有電電丸，萬事小心。」

就這樣，七寶屋老闆從入口處的小木門回家了。他彷彿知道一切都會順利成功，灑脫的慢慢將門帶上。

「哇塞，丟丟森林耶，好懷念喔。我不放心讓你們幾個去，不如我也一起……」

鬼魂正要飄起來，就被一聲大大的咳嗽聲打斷。古書先生的眼睛透過黃色鏡片狠狠瞪著鬼魂。

「鬼老弟，你是不是忘了有個最重要的工作還沒完成？說好要讓我心服口服的稿子呢？」

剎那間，鬼魂就像破了洞的游泳圈，慘兮兮的垂頭喪氣。

「靈感鬼哥哥，等人家回來，就跟你玩『跳房子』喔。」

莎拉一邊為鬼魂打氣，一邊握緊電電丸的手，揮手道別。鬼魂消沉到極點，有氣無力的揮揮手。

莎拉環視店內一圈，一找到目標便扯著喉嚨大喊，連雨水都差點被她震飛。

「莎拉的大象，過來！」

露子用手指塞住耳朵，「咻」的展開蝙蝠雨衣的翅膀。

書櫃後方閃出一個閃閃發亮的東西，剎那間，露子一行人就從「下雨的書店」消失了。

「哇……這真是不簡單。」

電電丸圓圓的眼睛忙不迭的眨呀眨，仔細俯視載著自己的東西。坐在他前方的莎拉回過頭來，得意的甩動紮在額頭頂端的劉海。

「對吧？」

莎拉與電電丸坐在一隻等比例的玻璃大象身上。電電丸騎在大象背部，莎拉則騎在大象的後頸。

原本擺在「下雨的書店」書櫃上的小象擺飾，成了一隻足以載起兩人的大象。

大象閃閃發亮的載著他們在天上飛，身體宛如由最清澈的水所凝結而成的冰。牠光滑的身體，時而反射出令人讚嘆的美麗色彩。

露子與人形星丸也跟在莎拉的大象後面飛行。

這個鮮藍琉璃色的寬廣空間，彷彿由天空最晴朗的部分鋪設而成。此處一望無際，飄浮在四周的純白泡泡雲朵，浮出羽毛般的閃亮泡沫。雲層之間時而閃過一道彩虹，宛如天真無邪的流星。這是莎拉藉由「夢之力」所造出的通道，通向丟丟森林。唯有使用人類的「夢之力」，才能前往丟丟森林。

想當初，露子要去丟丟森林時可是吃足苦頭，看到莎拉第一次使用「夢之力」就如此順手，不免有些不甘心。莎拉非常喜歡這隻玻璃大象，因此決定每次跟大家去丟丟森林時，都要騎著牠。

起初莎拉很害怕丟丟森林（因為露子故意嚇唬她，說那裡有可怕的貘），一旦見過真正的貘，她就很期待去丟丟森林，簡直把那裡當成動物園。

「欸，星丸……」

露子悄悄對著振翅飛翔的星丸搭話。天空明亮得近乎發光，星丸的深藍色翅膀是如此醒目，他的赤腳好像等不及冒險似的甩來甩去。

「幹嘛？」

如果要趁著莎拉（當然還有電電丸）不注意時跟星丸說話，就只有現在了。露子透過蝙蝠雨衣撫摸褲子口袋的筆記本，鼓起勇氣開口。

「欸，你是幸福的青鳥，也是希望之星，對吧？」

星丸一聽，頓時露出又想笑又臭屁的表情，輕盈的翻了個筋斗。

「那還用說！妳白痴喔，露子。妳不是早就知道了嗎？」

露子心中湧起一股難以言喻的明亮暖流。她強迫自己冷靜下來，點點頭說道：

「呃，星丸，我問你喔。你……呃，想不想讀讀看新的故事？」

星丸為之一愣。露子耐心等待回應，不料星丸突然噗嗤大笑。

「露子，妳真的很白痴耶！妳不是早就知道，比起讀什麼故事，我更喜歡真正的冒險嗎？」星丸一臉爽朗的吐嘈。

露子的心燈倏的變得火燙，猛的碎裂。露子握緊拳頭，撇頭不看星丸。

「怎麼了啦，露子？」

星丸納悶的湊過去，但露子搶先一步，操縱蝙蝠雨衣的翅膀飛快逃走。

（什麼嘛，星丸你這大木頭！）

露子心中那顆蓄勢待發的熱氣球破了，變成滿布尖刺的針山。星丸丈二金剛摸不著頭腦，一行人就這樣來到了丟丟森林。

晴朗的藍天、泡泡雲與交織的彩虹消失無蹤，四周籠罩著夜幕與寂靜；宛如有一雙無形的大手，換掉了世界這個大舞臺的布景。

莎拉與電電丸所騎乘的大象消失了，兩人站在淹沒丟丟森林地面的水上。露子與星丸也隨後著地，露子刻意與星丸拉開距離。

萬籟俱寂。黑暗籠罩大地，森林的巨木彷彿半透明的柱子，發出朦朧的光芒。光芒帶有某種和緩的節奏，神奇的淡化了森林的死寂；它扮演一名稱職的守衛，守護著其中的祕密。彷彿有人為這座神祕森林的空氣下了封口令，要求它保守祕密。

在這股寂靜之中，遠方隱約傳來細緻的玻璃工藝品互相敲擊的樂聲。這是故事種子們所演奏的音樂。它們的音樂低調、輕快又神祕，好似說著無人知曉的悄悄話。

人們所遺忘的夢想，寫到一半、說到一半就遺忘的故事，這些東西一旦離開人類，就會匯聚到這座丟丟森林。

「電電丸，你知道自己的雲在哪裡嗎？」

星丸在後腦交疊雙手，心中還是納悶露子為何突然生氣。

「嗯……」

電電丸的答覆真讓人聽不出來是肯定句，還是只是在打呵欠。只見他伸長脖子，仰望由樹枝交織而成的黑白相間夜空。

漆黑的天空，時而閃過一條條紅色、藍色、綠色、紫色光芒，宛如魔法煙火。沉眠於丟丟森林的遺忘夢想正飛向自己的歸屬。

「嗯，我感覺到氣息了……大概是那裡吧。」電電丸仰望著天空咕噥。

露子一行人也定睛望著天空，卻只看到夜空與發光樹枝，哪兒都看不到烏雲。丟丟森林是不會下雨的。

電電丸從袖子掏出一根小小的竹笛，吹出尖銳的一聲「嗶——！」。聲響似乎撼動了空氣，露子隱約感覺到，好像有微弱的水氣接近了。

「從現在起，必須由我和露子來運送才行。」星丸若無其事的雙手扠腰說道。

電電丸擔憂的皺起眉頭，星丸見狀，又補充一段話。

「『夢之力』只能送我們到丟丟森林，接下來就不行了。如果有『月讀之書』，就能增強『夢之力』，但可惜沒有。況且這裡也不能叫大象出來。」

電電丸點頭表示同意。

「莎拉，答應我，千萬不能亂跑喔。我們馬上回來，妳在這裡乖乖等。」

露子雙手搭著莎拉的肩膀，叮囑莎拉。莎拉面色僵硬，看起來有點膽怯，但還是堅定的點頭。

「好，走嘍。露子，妳抓住另一邊。」

露子對星丸的催促置若罔聞，默默抓住電電丸的左臂。他們倆的默契超級差，害得電電丸在空中搖來晃去，活像個鐘擺。

露子原本以為電電丸會更重，想不到他的身體就像破掉的沙包，愈是往上升，就變得愈輕。露子心想，或許是因為他是雨童吧。

「呃，弟弟，你再拉過去一點……嗯，弟弟，拉過頭了。然後，要再升高一點。」

丟丟森林的上空沒有星星也沒有月亮，根本分不清東西南北。搖搖晃晃的電電丸不得不如此指路。

一行人飛得好高、飛了好久。露子愈來愈擔心留在丟丟森林的莎拉，恨不得馬上找到電電丸的烏雲。

「嗯、嗯，就快到了——」

好不容易等到電電丸這句話，卻突然有條影子從天而降，掠過星丸頭頂。那東西似乎很重，星丸差點就要腦袋開花了。

「星丸！」

露子不禁驚叫一聲。

「哇，嚇死我了。要是有書從天上掉下來，古書先生一定會氣噗噗。」

星丸不僅不害怕，反倒一臉滿足（他似乎覺得很刺激）的回頭看著掠過自己頭頂的東西。

「書？」

「那、那、那個，骷髏！」

電電丸突然奮力大喊。他第一次面露怒色，瞪著天空。

現在，連露子和星丸都看到了隱約飄浮在天空的灰色雲朵。雲上似乎有個白白的東西在動。那白白的東西用低沉響亮的聲音自言自語。

「受不了、真受不～了！無聊，不及格！」

一堆四方形的東西從雲上陸續被扔下來。沒錯，那是書。有人從雲上丟掉這些書，好似把書當垃圾。

「嗝、嗝！無聊！」

雲上那白白的東西又丟了好幾本書。

露子一行人停在雲附近，電電丸氣到全身僵直。

電電丸說的沒錯，雲上那東西──是骷髏龍。他有泛黃的肋骨與脊椎骨，頭蓋骨也顯露在外；這頭骷髏龍的四肢神似肉食恐龍，而脖子與尾巴則類似長頸龍。他有兩排獠牙，沒有眼珠，頭上長著五隻角。

露子倒抽一口氣，來者正是神祕狂龍──書來瘋先生。

七　醉書紳士

「受不了、受不了！這裡的每一本書品味都很差！哼，有幾本還算有趣，但每一本都爛～尾！」

這隻奇怪的龍在雲上手舞足蹈，身體也搖來晃去，活像個醉漢。

「話說回來，你們是誰～啊？」

奇妙的骷髏龍——書來瘋先生——轉頭看著露子一行人（他沒有眼珠，所以正確說來，應該是用裝眼珠那兩個黑黑的窟窿對著他們）。

「你、你就是書來瘋先生嗎？」

露子有點破音，彷彿喉嚨卡了一根刺。

「正是！」

書來瘋先生開心的高聲吟唱。

「我，本龍，就是名震天下的書來瘋先生！連愛哭的小孩聽了都乖乖閉嘴的書來瘋先生——『醉書者』！尋遍千山萬水、走過好幾萬

年，就為了找到一本看得順眼的書。我找了又找，卻淨是些無聊爛書！」

書來瘋先生活像個歌劇歌手，在自己的舞臺上引吭高歌。

露子和星丸看傻了眼，一時之間，竟沒發現雙手空了。掙脫他們雙手的人正是電電丸。

「你、你、你竟敢對我的書……！」

電電丸的語氣比剛才更強烈，他一邊大吼，一邊朝自己的雲跳下——也就是書來瘋先生所占據的雲。他倏的從懷裡掏出某物，朝著書來瘋先生一撒。

電電丸撒出去的是老鼠炮。色彩繽紛、到處亂竄的老鼠炮。劈哩啪啦！老鼠炮在書來瘋先生身上竄來竄去，卻都被輕易彈飛。

電電丸一降落，立刻又撒出老鼠炮。老鼠炮剽悍的陸續攻擊書來瘋先生，卻很快就失去著力點，一下子就被彈飛，掉到雲下。

「喔？這些都是你的～書嗎？」

書來瘋先生似乎一點也不在意被老鼠炮攻擊，老神在在的問道。

「還、還敢問哩，把我從雲上掃下去的，就是你！」

電電丸顫聲大喊，真不知是害怕還是憤怒。書來瘋先生依然理都不理，只顧著跳自己的舞。

露子也戰戰兢兢的在電電丸身旁降落。她沒有收起蝙蝠雨衣的翅膀，畢竟身在雲端，哪時候腳滑掉下去都不奇怪。然而，星丸一派輕鬆的收起翅膀，跳到雲上。這一跳震得雲晃了幾下，嚇得露子頭皮發麻。

「你要怎麼賠我、你要怎麼賠我！你丟掉的書，全都是我珍貴的寶貝耶！」電電丸瞪著書來瘋先生，奮力大吼。

露子聽得膽戰心驚，反觀星丸，卻雀躍的期待接下來（或許已經開始了）能有一場大混戰。

原本跳著怪舞的書來瘋先生一聽，頓時停止動作。他的眼窩直直盯著一行人。那彷彿由幾億年歲月沉澱而成的洞窟，看起來巨大而亟具壓迫感，似乎一瞬間就能把人吸進去。

「喔？喔？喔？」

書來瘋先生突然低頭掩嘴，抽搐了起來。露子本來以為他在猛咳，不久就看出他其實在笑。

「我的天啊，想不到！」

骷髏龍誇張的攤開雙手。他的骷髏身軀宛如遠古時期的樂器，聲音令聽者為之一顫。接著，書來瘋先生說出了一連串讓所有人都傻眼的話。

「你居然說那種書很珍貴～！我有沒有聽錯啊！聽好了，耳朵給我挖乾淨！這些書確實有意思，可是！每一本的結局都很～爛！爛尾就代表無～聊！無聊的書，根～本沒有存在的價值！」

「你說說看，我的書，這些書，到底哪裡無聊了！」電電丸的怒吼嚇醒了聽到發愣的露子。

「嗯——哼！」

書來瘋先生戲劇化的盤起胳膊，托著下巴。「嗝！」他打了個嗝，又高聲吟唱了起來。

「我來舉個例子好了，就拿《火焰之王的故事》來說吧！冒險過程還行，但鋪陳太久，而且最後的最後竟然漏了一個字。實在太可惜、太掃興了！最有張力的橋段偏偏漏字，實在很難忽視。這種書，瑕疵太嚴重了。於是我丟掉它，又拿起一本。

這本叫作《善變的星期天》。故事平凡是不錯啦，但太無聊，從頭到尾都同個調調。文筆很好，故事也有韻味，可惜缺乏變化。其實只要再用點心就好……」

露子豎耳傾聽，努力想聽懂書來瘋先生的話。否則，根本沒人聽得懂這隻骷髏龍在唱什麼。

總而言之，唯一能確定的，就是書來瘋先生不斷數落電電丸的每一本書。露子聽著聽著，心裡愈來愈火大。

書來瘋先生確實很熱中讀書，甚至讀到忘我，連要去「下雨的書店」這回事都忘了。可是，他硬是對每一本書雞蛋裡挑骨頭，一旦找出一點毛病，就主觀認定這本書沒有價值。

「……然後，接下來這一本是……」

書來瘋先生的數落之歌簡直沒完沒了，露子按捺搗住耳朵的衝動，大聲打斷他。

「夠了，你有完沒完！」

露子一吼，電電丸和星丸紛紛回頭，書來瘋先生則「嗝！」了一聲。露子努力鼓起勇氣，心一橫踏出一步。

「舞……舞舞子姊姊所選的書，怎麼可能不好看！剛剛聽你唱了老半天，其實你也只是雞蛋裡挑骨頭，故意把好書說得一文不值！稍有不順眼的地方就丟書，實在太過分了！」

書來瘋先生一邊打嗝，一邊偏了偏頭。

「舞舞子？這名字好～耳熟喔！她好像在什麼書店工作嘛！」

露子挺起胸膛，心想絕對不能輸給這隻骷髏龍。

「沒錯！舞舞子姊姊是『下雨的書店』的助手，也是精靈使者！」

書來瘋先生一聽，頓時不再扭來扭去，慢慢伸長脖子。骷髏龍看起來變得好巨大，露子不禁頭皮發麻。

「下雨的書店！」

書來瘋先生震天價響的大喊一聲。說是大喊，其實比較像恐龍的咆哮。

「你們是『下雨的書店』的使～者嗎？糟糕，糟糕。不小心讀書讀得入迷，泡在這兒太～久了！事不宜遲，我得快點去『下雨的書店』檢驗才行！」

說完，書來瘋先生的骨頭開始劇烈震動，眾人還來不及訝異，他的骨頭便散落一地，一根根骨頭變得好似化石標本，飛向遠方。咻咻！骨頭群彷彿隕石群，劃破夜空飛去。他的目的地，一定就是「下雨的書店」！

書來瘋先生的骨頭都飛走了，連最後一根尾骨都不留。

露子這才驚覺大事不妙，摀住自己的嘴巴。說溜嘴了！不應該說出「下雨的書店」五個字！假如不說出口，或許還能拖住書來瘋先生……

「星丸，該走了！電電丸先生也是！」露子邊說邊動身。「舞舞子姊姊他們有危險了！」

這句話打醒了電電丸，他奮不顧身跳下烏雲，幸好露子和星丸及時抓住他。這回，他們倆默契絕佳的疾速下降。

發出繽紛色彩的珍珠色丟丟森林，很快就映入眼簾。電電丸的身體變得愈來愈重，一行人穿越樹枝，直直飛向莎拉。

莎拉正蹲在水面上，將遺忘的夢想和故事種子當成彈珠玩。露子一到，便直說重點。

「莎拉，快點想像『下雨的書店』的樣子！」

「怎麼了，姊姊？」莎拉訝異的望著大驚失色的露子。

露子一邊喘氣，一邊催促。

「別問了，快點！」

莎拉嚇了一跳，但還是站起來閉上眼睛，想像「下雨的書店」的模樣。露子也站在莎拉旁邊，專心想像舞舞子他們所在的古書店。心臟劇烈跳動，腦中的「下雨的書店」，似乎也不穩的搖來晃去。

如此這般，一行人從丟丟森林消失了。

八　被奪走的雨

露子一行人一到「下雨的書店」，簡直不敢相信眼前的景象。

「嗯哼、嗯哼、嗯哼！藏書不錯，但是蟲子怎麼有點少呢？」

「下雨的書店」簡直慘不忍睹。書來瘋先生在店中央手舞足蹈，連尾巴也不忘甩動。他邊跳舞邊從書櫃上拿書，然後以驚人的速度讀完，再不屑的丟到地上。

「下雨的書」就這樣一本本被丟到沾了雨水的草地上。它們淒涼的躺在地上，有的仰躺、有的俯臥，「獵書嗡嗡」紛紛從翻開的白銀色書頁飛出來，嗡嗡的四處逃竄。

「古書先生、舞舞子姊姊！」

露子放聲大喊，但最先應聲的並非古書先生或舞舞子，而是鬼魂。

「哇，謝天謝地！妳總算回來了！」

鬼魂正要撲向露子，卻被書來瘋先生丟的書砸到頭，慘叫一聲

（那聲音簡直像被壓扁的青蛙），後腦杓凹了一個洞。莎拉很害怕，但還是奔向差點倒下的鬼魂，努力扶住他。

「靈感鬼哥哥，你沒事吧？有沒有腫起來？」

鬼魂痛得飆淚，但還是擠出笑容，摸摸莎拉的頭。凹下去的後腦杓很快就恢復原狀了。

「我、我沒事啦。我可是作家呢，被書砸到算什麼，小事啦。」

古書先生和舞舞子不敢靠近正在搞破壞的書來瘋先生，只好躲在牆角。他們見露子來了，紛紛轉過頭。

「你們沒事吧？該來的還是來了，書來瘋先生終究、終究來到我們『下雨的書店』了！可是，這也未免……未免太霸道了！」

古書先生想及時接住被扔掉的書，可惜翅膀太短，正好砸中古書先生的眉心。

「哎呀，電電丸！你怎麼又回來了？」

書芊和書蓓緊緊抱在一起，躲在舞舞子懷裡。

書來瘋先生瘋狂亂抽書櫃的書，導致跟書一起擺在書櫃上的人偶、化石、原石與玻璃瓶也一併散落在地。

「舞舞子姊姊，對不起！都怪我說溜嘴，讓書來瘋先生聽到『下雨的書店』五個字。可是，無論如何……」

電電丸搭住露子的肩膀，要她別說了。接著，他往舞舞子踏出一步大喊，蓋住書來瘋先生的聲音以及物品摔落聲。

「舞、舞舞子，對不起！」

舞舞子一聽，不禁揚起眉毛，睜大雙眼。電電丸也不顧在一旁搞破壞的書來瘋先生，繼續往下說。

「那傢伙直到剛剛都在我的雲上。妳送給我的書，每一本都被他丟了。難得妳特地為我挑書送來，真、真對不起。」

說完，電電丸朝著舞舞子深深一鞠躬。舞舞子倒抽一口氣，露子一行人也屏住氣息，靜觀其變。舞舞子欲言又止的顫動了一下山葡萄色的雙唇，接著泛起微笑。

「電電丸，你幹嘛道歉呢？明明丟掉書的是書來瘋先生呀。況且，請你不要小看我和書芊、書蓓。憑我們的能力，找回從雲上丟下去的書並恢復原狀，只是小事一件。」

電電丸抬起頭，臉上又是驚訝又是感激，顯得五味雜陳。舞舞子對著他輕輕頷首，鬈髮四周的珍珠顆粒也為之飄動。

露子見狀，心裡覺得怪慚愧的。

「你們幾個！現在是閒話家常的時候嗎！看看這慘況——這可是『下雨的書店』開幕以來，最危急的時刻耶！」

古書先生拚命拍動飛不起來的短翅膀，拔腿衝過來。書來瘋先生丟過來的書差點砸到古書先生的眼鏡，幸好他敏銳躲開，速度快得令人不敢置信。

只見古書先生站在最前面保護大家，大聲怒吼。

「書來瘋先生！我身為『下雨的書店』店長，有幾句話要說！」

書來瘋先生頓時停下動作，再度用那雙沉積古老歲月的烏黑眼窩盯著所有人。

「嗝、嗝！嗯～哼？意思是說，你是這家店的老～闆？」

古書先生不甘示弱，大聲吐出鼻息，用力攤開翅膀，蹬了草地一下。

「沒錯，我就是『下雨的書店』店長——古書先生！書來瘋先生，有幾句話我非說不可！什麼『醉書者』嘛，我沒聽錯吧！愛書人居然會丟書，笑死人了！既然你重視書，就該知道每本書蘊含著多少分量！老實說，書來瘋先生，我真是看錯你了！自命清高的把書當垃圾看待，就算你是人類的嬰兒，也不可原諒！」

書來瘋先生慢條斯理的微微抬起頭，但很快又低下頭，發出抽搐般的笑聲。

「喔呵、喔呵、喔呵！我才對你們這種書店失望透頂呢！說～來說去，你們店裡也只有無聊的書啊。不然蟲子怎麼那麼少！而且店長也不三不四！聽好嘍，給我聽清楚，嗯？想要登峰造極，就要清掉路上的垃圾。這家書店，說～穿了，全都是些沒價值的書！」

「『登峰造極』？你沒搞錯吧？」古書先生不甘示弱的揮動翅膀，發出重炮。「我真懷疑，你到底有沒有用心讀書！我們『下雨的書店』，多得是好書、有意思的書。一本書好不好看，跟讀者的品味可是大有關聯喔，書來瘋先生！換句話說，少了一顆懂得欣賞的心與『夢之力』，不管遇上什麼傑作，都讀不出當中的豐富內涵！」

「懂得欣賞的心！『夢之力』！」書來瘋先生不屑的嚷道。「一本書就該完～美無缺！一本書，應該要讓每個讀者都滿意，也必須讓最棒的蟲滿意！這就是書的使～命！」

「最棒的蟲？每隻書蟲都是無與倫比的！你這種完全沒把蟲放在眼裡的傢伙，沒資格說這種話！」

「哼，很好。我想找的是配得上最棒的蟲的書，其他那些垃圾書最好全都封起來！」

「蠢蛋！書本是隨時都對任何讀者開放的！而讀者也應該尊重書本，使出所有的『夢之力』才對！」

莎拉緊緊抱住露子的腰。她害怕得不得了，淚汪汪的哭了起來。

「姊姊，人家好害怕……」

「莎拉，不怕不怕喔。」

露子拚命安撫莎拉。此時——

書來瘋先生搖頭晃腦半晌，接著突然盯上露子。露子的心跳漏了一拍，頓時頭重腳輕，整個人好像要被那對無限黑暗的窟窿吸進去似的。她抱緊莎拉發燙的頭，好不容易才鎮定下來。

骷髏龍的空洞視線彷彿無形的激流，貫穿了露子的身體。露子覺得好像整個胃被掏空，自己變得好渺小，小到不用顯微鏡看不到，感覺可怕極了。

不久，書來瘋先生慢慢的、慢慢的露出得意的笑容（但是他應該擠不出表情才對）。

「……哎呀，真是的。作作夢是不用錢，也不會給別人添麻煩啦。但是呢，小朋友呀，妳可別把『夢之力』用錯地方嘍。無聊的夢想，最好不要有；不會發芽的種子，最好不要撒下。藏在妳口袋的東西最好別拿出來丟人現眼，趕快燒一燒吧。」

露子分不清自己究竟是臉色發紅還是發青，只知道書來瘋先生看穿了她口袋裡的東西，而且批評得一無是處。

露子腦中瞬間變得一片空白，佇立在原地。一股柔軟的觸感撫上臉頰。那是琉璃色小鳥的翅膀。星丸變成小鳥，停在露子肩膀上。

「我是聽不大懂啦，但總覺得自己好像被看扁了。」

星丸在露子肩膀上啼叫。身為人類夢想的星丸，毫不畏懼的直直瞪著比自己巨大許多的書來瘋先生。

「你覺得書很無聊，覺得夢想很無聊，都是你的自由。但是妨礙別人作夢，這就說不過去了。」

星丸的話語似乎激勵了鬼魂，於是他也揮著手臂說道：

「就是啊、就是啊！我身為一個作家，絕不允許你把書弄得亂七八糟！你看，多可憐呀，『獵書嗡嗡』都被甩出來了——」

「你剛剛說什麼？」

書來瘋先生俯身伸長脖子。他一動也不動的盯著鬼魂，彷彿千年來的醉意剎那間都醒了。鬼魂慘叫一聲，圍著大夥兒繞來繞去，似乎不知該躲在誰後面才好。

「你剛剛，說了什麼？你是說『嗜書蟲』嗎？不，我想再聽一次，你剛剛說了什麼？如果我沒聽錯的話，你是說『獵書嗡嗡』嗎？」

一股令人窒息的沉默籠罩而下，但星丸很快又高聲啼叫。

「是啊，沒錯！怎麼，你連『獵書嗡嗡』都不知道嗎？什麼『死豬蟲』嘛，聽都沒聽過。」

震天價響的咆哮，震撼了所有人的耳膜。書來瘋先生的血盆大口張得老開，其怒吼宛如凝聚了所有絕種恐龍的尖嘯。

「獵、獵、獵書嗡嗡！這也太……這也太……太蠢、太沒品、太無聊了！」

書來瘋先生怒不可遏，氣得全身發抖。露子看到古書先生那雙藏在黃色鏡片後方的眼睛正骨碌碌轉動，看來古書先生的擔憂成真了。

「我的天啊，真是不可原諒！專賣無聊書的書店我也看過不少，但是將崇高的『嗜書蟲』羞辱至此的書店，倒是只有你們『下雨的書店』！不可饒恕的『下雨的書店』！你們這種墮落書店不該存活，事到如今，我書來瘋只好使出撒手鐗魔法——」

書來瘋先生高聲吟唱，震撼著雨珠。

「這、這就是書來瘋先生毀掉書店與圖書館的魔法……！」古書先生寒毛直豎，渾身震顫。

書芊和書蓓嚇得緊緊握住手，舞舞子趕緊俯身抱住露子、莎拉與星丸，而鬼魂則嚇得腰都軟了（雖然根本看不出哪裡是他的腰），緊緊貼著牆壁。

說時遲那時快——

書來瘋先生的身體（眼窩、耳朵的孔穴、牙齒縫隙與肋骨縫隙）瀰漫出一股黑暗。不，那不只是單純的黑暗，更像是「時光」。數千、數萬、數億年……如此漫長的時光，光是想像，身體彷彿就要變成沙子消失了。

比黑暗更可怕的時光魔法，襲擊了整間「下雨的書店」。時光魔法侵蝕、扭曲一切，草坪枯萎、書櫃腐朽、人偶崩毀，連地上「下雨的書」也逐一化為塵埃。

現場刮起一陣死寂的風，就這樣──「下雨的書店」的雨消失了。

書店化為一塊沙地墳場，露子與所有人頓時動彈不得。

無論何時總是下著柔和細雨的「下雨的書店」，現在連一滴雨都沒有了。無論是「下雨的書」、人偶、鯨魚、花朵或天體模型、玻璃火車──全都被遠古時光風化成絕望透頂的灰色調，瀕臨死亡邊緣。

「我、我的天啊──我的天啊──」

古書先生的聲音虛弱又顫抖，舞舞子也摀住嘴巴。

儘管露子嚇呆了，還是不忘關心莎拉的狀況。莎拉貼得愈來愈緊，但手指似乎使不出力，反覆揪緊露子的蝙蝠雨衣。露子想抱住莎拉，一抱才驚覺：莎拉的頭愈來愈燙了。

（她又發燒了……！）

或許是目睹可怕的景象，導致莎拉發燒。總之，必須先讓莎拉好好休息才行。可是，要怎麼讓她休息？書店已經變成渾濁的灰色沙地了！

「接下來呢……」書來瘋先生語帶威嚇的低吟，搖頭晃腦說道。「無聊的書店處理掉了，臨走前我想帶個小禮物——」

剎那間，露子覺得一道充斥泥巴與石子的濁流吞沒了自己。轉眼間，她的身體失去平衡，分不清上下左右。

「把你們最年輕的『時光』給我吧！」

好像有什麼重要的東西被硬生生帶走了。但是露子還來不及弄懂那是什麼，眼前便變得一片黑暗，身體被擠壓揉捏。她再也搞不懂身在何處，也搞不懂發生了什麼事——

九　月之原的欖羊羊・大哈茜

露子小心翼翼睜開眼睛。屁股痛得要命，好像摔在堅硬的地板上似的。此時——

「露子！」

露子聽到附近有人呼喚自己，不禁驚呼一聲。她睜大雙眼，赫然看見星丸的臉部特寫，兩人鼻子都差點碰在一起了。

「啊？」

露子嚇得往後一仰，這才發現星丸的額頭受傷了。一顆大腫包恰巧長在星丸的白色星號上，他的註冊商標變成暗紅色瘀血，慘烈的腫了起來。

「星丸，你沒事吧？」

露子下意識摸了星丸額頭的腫包，他痛得皺起臉，但很快又得意的咧嘴一笑。

「很猛吧，破掉的水晶球剛好砸在我頭上。我的頭差點就要爆了，幸好水晶球已經壞得差不多，所以我才能險勝！」

星丸一說，露子才想起剛剛發生的慘況。消失的雨水，化為死亡塵埃、逐漸崩毀的「下雨的書店」——

露子驚覺一件事。

「……莎拉呢？」

莎拉明明剛剛還在身邊，明明剛剛還緊貼著露子，如今卻不見了！

仔細一看，這地方真陌生。露子癱坐在細雪般柔軟的沙地上，而且沙子還是淡金色的。這不是被書來瘋先生的魔法所摧殘的絕望之灰，而是海綿蛋糕般的柔和色調。

放眼望去，到處都是無窮無盡的沙地。

然而，這並不是單純的沙漠。因為沙地零星散落著各種家具與日用品。那裡有掛著帽子與大衣的衣架；這兒有擺著肥皂與牙刷的洗臉臺；那兒有塞滿書本的書櫃；除此之外，還有掛著空鳥籠的柱子、裝著布娃娃的玩具箱……在廣大的沙地上，四處散落著這類物品。簡直就像是日用品們蹺家逃到這兒來，各自找個地方安頓棲身。

晴空萬里，一顆活像糖果的紫水晶色星球（看起來好像土星）與太陽並列在一起。

「……這裡是哪裡？星丸，莎拉呢？」

莎拉發燒了，必須馬上帶她回家才行……不，話說回來，「下雨的書店」到底發生了什麼事？

為什麼露子和星丸會跟大家失散，來到這地方呢？莎拉在哪裡，她還好嗎？古書先生、舞舞子、鬼魂跟電電丸呢？露子腦袋一片混亂。

「大家好像失散了。」

星丸的表情略顯嚴肅，環顧四周。他噘起嘴，揉揉額頭的腫包。

「總之，我們先去找大家吧。露子，妳站得起來嗎？」

「嗯……」

露子覺得一顆心變得空蕩蕩的。星丸用力拉起露子，希望能幫她打氣。屁股還在痛，好像裂成兩半了。

站起來一瞧，露子發覺這地方真是不可思議。蜂蜜蛋糕色的沙地上不只有家用品，還有好幾個大小不一的碗狀淺坑。它們看起來跟課本、百科全書上的月球表面撞擊坑照片一模一樣。

「欸，這裡該不會是月球吧？」

露子不得不問。聲音聽起來好無助，露子覺得自己真窩囊。星丸原本就緊握露子的手，這會兒更牽著她前後甩動。

「這裡大概是月之原吧？以前我聽舞舞子姊姊說過，但沒來過就是了。」

就這樣，星丸牽著露子的手，天不怕地不怕的往前走。

蜂蜜蛋糕色、砂糖色的沙子在兩人腳下沙沙作響。沙地上的家用品逐一映入眼簾，每個都好可愛，擺在家裡不知有多棒呀。太陽和煦的照耀大地……然而，這一切的一切，全都吸引不了露子的目光。

「……」

露子頻頻用蝙蝠雨衣的袖子粗暴的抹眼睛，抹了好幾次。水珠順著露子的臉頰滑落，一顆顆落在柔軟的黃沙上。

莎拉不見了，「下雨的書店」也被弄得亂七八糟。這全都是露子的錯。露子必須把莎拉帶回來，必須讓書來瘋先生想起「下雨的書店」才行。

（我真是個爛姊姊。不是說好要好好對待莎拉，要讓她快樂嗎？）

露子無暇思考自己和星丸到底身在何方，她只擔心莎拉跟大夥兒的安危。這次犯下的大錯已經無法挽回……

星丸一路牽著露子的手，希望能帶給她安慰；但走著走著，露子終究垂下頭不再走動，星丸也默默跟著停下腳步。她深深垂著頭，肩膀一顫一顫的哭了起來。露子跟親妹妹失散了！她痛得彷彿心在淌血，彷彿胸口開了一個漆黑的洞；彷彿活生生受了剮刑，身上的肉被一塊一塊割下來。有生以來，露子第一次嘗到如此無助、悵然若失的感覺。

「露子，打起精神來嘛。」星丸又甩起露子的手。「我們一定能找到大家。我不知道店裡變成什麼樣，但是有了這次經驗，說不定大家會轉行跟我一起當探險家喔。再說，最後一定能化險為夷的！畢竟有我在呀，我可是幸福的青鳥兼希望之星呢！妳看，希望之星腫起來，好運一定也多了一百倍！」

星丸志得意滿的指著額頭中央的腫包，露子不禁邊哭邊笑。她咯咯笑著，眼淚也一顆顆落下。

「好了，走吧。」

星丸站在前方，又開始往前走。露子點點頭，擦擦眼淚邁出步伐。

天空疊著一層層不同色調的藍色，好似縞瑪瑙[3]。一群白鳥飛過天空，由於牠們飛在很高的地方，因此看起來就像鉛筆戳在紙上的黑點。

兩人默默走了好一陣子。

露子這才想到，在天上飛不是比較好嗎？但如今她實在沒心情御風飛翔。或許星丸看出她的心思，因此沒有飛上天空，也沒有變成小鳥停在露子肩頭，而是跟她牽著手走路。

話說回來，這裡——月之原，到底哪兒才是盡頭呢？沙地一望無際，不管怎麼走，都看不見山啦、海啦，或是建築物。

「欸，這裡該不會真的是月球吧？」露子問。

「天知道。或許這裡通往真正的月球吧，畢竟這種地方是很難說出個道理的，就算這裡真的是月球表面，我也不意外。」星丸若無其事的說。

「可是，如果真的是月球，天上掛著太陽，不是很奇怪嗎？」

針對這個問題，星丸的回答是：

「月球也是有白天的。」

星丸的話不無道理，露子終於不再發問，點頭同意。

我們到底走向何方？這方向正確嗎？找得到大家嗎？露子決定不再多想，一切交給星丸作主。無論在什麼地方，星丸應該都不會迷路，況且露子現在也不適合做決定。

星丸一發現擺滿茶點的桌子（旁邊當然沒人），二話不說就走過去大快朵頤。兩人在那兒喝茶潤喉，將香甜的奶油蛋糕送入焦慮的五

3　一種石英，擁有不同顏色的色層。

臟廟……話說回來，惶惶不安的人其實只有露了，說不定星丸反而覺得有危機才刺激呢！

兩人又開始趕路，這會兒露子也逐漸恢復力氣了。或許是因為茶水和蛋糕填飽了肚子，也或許是因為星丸的手沾滿奶油，摸起來黏答答的。

衣櫃、梳妝臺、傘架、沙發、三腳桌、餐具櫃……不僅如此，還有裝在黃銅檯座上的琺瑯洗臉盆（盆裡還裝了水）。露子跟星丸在各種家具間穿梭，好像永遠走不到盡頭，走到天黑都走不完。

不知走了多久，兩人聽到遠方傳來奇怪的聲響。聲響具有節奏感，但聽起來實在不悅耳，彷彿機器覺得工作很無聊，所以做起來懶洋洋的。

露子跟星丸面面相覷。

「過去看看吧。」

星丸語畢，便牽著露子的手展開翅膀，往上飛去。露子也趕緊攤開蝙蝠雨衣的翅膀。兩人朝著怪聲的方向低空飛行，蜂蜜蛋糕色的沙子在底下流動。

聲響變得愈來愈大聲，幾乎變成噪音了——此時，露子與星丸終於明白那聲響是什麼。是鼾聲，這裡有人。

兩人加快飛行速度。在各種家具之中，有一張特別豪華的床，搭上了大大的床幔。床幔是由光潤的紅布、粉紅布（好像草莓果醬的顏色）縫製而成，上頭貼滿亮晶晶的亮片。不僅如此，還用紅色繩子掛滿迷你木馬、白鴿、銀色星星、金色新月。這張床實在豪華過頭，導致看起來很雜亂。

鼾聲確實是從這張床傳出來的。裡頭一定有人，證據就是：這張大床會隨著鼾聲的節奏發出痛苦的嘰嘎聲，床幔上的裝飾品也隨之震動。簡直就像食人魔的巢穴嘛。

「喂～有人在嗎？」

一降落在大床旁邊，星丸馬上扯著嗓子大喊。露子膽戰心驚的等待裡頭的人答腔，等了好久好久。

然後……

「……是誰，膽敢吵醒欖羊羊．大哈茜？」

從好幾層簾幔後方，傳來地鳴般粗嘎的聲音。

「問一下喔！我們想離開這裡，月之原通往哪裡啊？」星丸說。

沉默半晌之後，草莓果醬色的簾幔後方傳出詭異的竊笑聲。

「這是我家耶，我欖羊羊．大哈茜的家。我不知道你們是打哪兒來的，你們該不會以為我家可以說來就來、說走就走吧？」

「……欸，星丸……」

露子往後一退，悄聲說道。該不會簾幔後方真的是食人魔吧！露子還來不及說「快逃」，草莓果醬色的簾幔便一面又一面的掀了開來。這光潤的紅色看起來無比凶惡，緊接著——

看了簾幔後方的東西，露子頓時啞口無言。

「哎呀，是可愛的小妹妹和小男生呢。」

發話者的嘴脣又厚又大，簡直能一口吞下露子的頭；肥嘟嘟的臉頰、浮腫的眼皮，這個戴著兔耳帽、穿著白色睡衣的女人，被埋在（比簾幔還光潤的）枕頭、棉被與一大堆抱枕、玩偶裡。

女人張開大嘴（她好像叫作欖羊羊・大哈茜），打了個哈欠。只見她搗著嘴的每隻手指，全都緊緊戴上了戒指。

（她該不會是真正的巨人吧？可是，我看她就算站起來，也不比舞舞子姊姊高吧？）

露子上下打量欖羊羊・大哈茜的體型，暗自揣想。躺在超軟床鋪上的欖羊羊・大哈茜也同時仔細打量著露子與星丸。露子總覺得這個人眼睛怪怪的，仔細一瞧，原來她的瞳孔不是圓形，而是新月的形狀。

「喔？你們也吃了我的甜點，而且還喝了我的茶？」

欖羊羊．大哈茜牢牢盯著露子與星丸，一張大嘴賊賊一笑。露子嚇了一跳，趕緊躲到星丸後面。不過，星丸倒是老神在在，面不改色說道：

「東西丟得到處都是，誰知道那些東西是誰的啊？上面又沒有寫名字，也沒有掛招牌啊。如果妳這麼捨不得那些東西，下次我們再帶更好吃的給妳啊。總之我們想離開月之原啦。」

欖羊羊．大哈茜倏的用無法言喻的恐怖眼神瞪著星丸，但不久又堆起笑臉，裝模作樣說道：

「既然如此，總該付個錢吧？畢竟你們擅自闖進我家，又喝我的茶、吃我的點心嘛。」

露子心驚肉跳到極點，星丸卻若無其事的搔搔頭，好像很習慣這

種場面了。他似乎在想辦法，但現在沒時間慢慢想了——此時，露子忽然靈光一閃，匆匆從口袋掏出一個東西。

「這個怎麼樣？」

那是金銀色小花緄邊的白色彩妝盒，是向七寶屋老闆買來的百花彩妝盒。

「這個好！」星丸拍手喝采。

欖羊羊．大哈茜對露子點頭，示意她交出來。露子也點點頭，戰戰兢兢的將彩妝盒遞給一臉狐疑的欖羊羊．大哈茜。

「……欖羊羊．大哈茜小姐，這個借妳。妳喜歡化妝吧？呃……其、其實，我們是來推銷化妝品的。」

「嗯哼？」

欖羊羊．大哈茜心不在焉的冷哼一聲，然後伸出滿是戒指的手，從露子手中拎起百花彩妝盒。露子趕緊解釋百花彩妝盒的使用方式。

「只要轉動花朵……對。妳看，跑出適合妳的顏色嘍。」

欖羊羊・大哈茜的香腸手一轉動金銀色的花朵旋鈕，彩妝盤便逐一變換顏色。月光色、陽光色、珊瑚色、夜空色、人魚的魚鱗色……這些顏色好華麗，不僅令人陶醉，更是令人眼花撩亂。

「幫我化妝。」

欖羊羊・大哈茜將彩妝盒遞向露子，儘管露子千百個不願意，也只好硬著頭皮出馬了。她接下彩妝盒，一邊回想媽媽早上化妝的模樣，一邊用手指仔細抹上顏色。露子為那張鯰魚嘴抹上櫻桃色，希望至少看起來高雅一點；抹完後，她將彩妝盒遞給欖羊羊・大哈茜。

「……這樣應該差不多了。」

欖羊羊・大哈茜端起彩妝盒蓋背面的鏡子一照，哎呀不得了！星丸拚命用袖子掩嘴憋笑，露子趕緊用手肘頂他，要他克制些。

「哎呀哎呀，哎呀哎呀……美極了！」

眼皮是群青色，臉頰是鮮紅色，整張臉滿布金色與銀色亮粉。露子覺得不化妝還比較好看，但欖羊羊．大哈茜對妝容非常滿意，心情似乎變得很好。

「我要這個！如果妳願意讓給我，好啊，我就放你們一馬，讓你們離開月之原吧。」

露子一聽，連忙瞎扯了起來。

「這、這個嘛，這個是試用品。我要回店裡拿新貨才行。」

「這樣呀，小妹妹，妳就趕快去吧。弟弟留在這裡。」

欖羊羊．大哈茜說完，露子大驚失色，忙不迭補充道：

「呃——這個嘛，我們不能留一個人在這裡耶。因為，我們倆要是少了一個人，就打不開店裡倉庫的鎖了。妳想想，保管這種魔法化妝品的倉庫，當然得嚴加戒備才行呀。」

此時，一旁的星丸也出聲幫腔。

「明天中午，當太陽系的星星全連成一線時，我們一定會準時帶貨回來的！」

露子呆若木雞的盯著星丸，而欖羊羊・大哈茜則高聲大吼，差點震飛床幔的頂罩。

「那你們還杵在這兒幹什麼！」

轟隆、轟隆！地鳴透過腳底竄上來。星丸對發愣的露子戲謔一笑。

「成功了，露子。」

「欸，你說明天中午要回來，是真的嗎……？」

星丸用袖子掩嘴，湊到露子耳邊說道：

「誰管它啊。明天中午，太陽系的星星應該不可能排成一列縱隊吧。所以我沒有說謊，我們明天中午不必回來。」

露子無言以對，只能傻眼的盯著眉開眼笑的星丸。事情真的有這麼順利嗎？百花彩妝盒是用在這種地方嗎……不過，現在沒時間慢慢思考了。

散落在月之原各處的家具忽然動了起來，好似西洋棋子，令人看得眼花撩亂。才一眨眼，眼前的景色便驟然一變——

十　露子捎來的信息

「低頭！」

才剛聽到聲音，露子的頭就被星丸壓下來，彎下腰去。一道銳利的閃光掠過兩人頭上。

「欖羊羊・大哈茜很扯耶，怎麼偏偏把我們丟來這裡呀，真是夠了。」

星丸一邊站起來，一邊觀察四周。露子明白，他們又跑到別的地方了。

這是一座森林。這裡的藍色夜空好似在沉思，翠綠的樹木彷彿正在思索哲學。顯然這裡不是丟丟森林，因為地面沒有水，樹木也不是珍珠色。

這裡的樹木連一片葉子也沒有，但是它們高聳入雲，而且每棵樹的頂端都像顆動物的頭。長長的鼻頭、筆尖般的耳朵、圓柱般的兩隻角，而樹幹也好長好長，是的，簡直就像是……

「星丸，這裡該不會是……」

「妳說對了。」

星丸既興奮又期待的露出賊笑，露子則臉色發白。

「長頸鹿林！」

星丸高聲一喊，語氣中透露著對冒險的渴望。

怎麼會這樣？露子跟星丸居然來到了長頸鹿林，那個電電丸花費好多天才逃出來的危險地帶！這麼說來，剛才掠過頭上的閃光，就是牙嘍？

露子想起星丸曾說過長頸鹿林是怎樣的地方，不禁大驚失色。

——當妳覺得附近有閃光時，咔嚓！妳的身體呀，早就被千刀萬剮了。

露子感到不寒而慄。

在這種地方，絕不可能找到古書先生一行人。該如何逃離長頸鹿林？露子左右張望，心想非得趕快離開不可。

天空的星星多到令人窒息，彷彿有人在玩星星大放送，將所有星星一口氣撒出去似的……可是，透過成千上萬棵「長得活像沒眼睛沒鼻子的長頸鹿」的樹看過去，星空卻變得怪陰森的。星星惡狠狠瞪著地面，好像只要稍不留神，就會被一雙看不見的手抓走。

「欸，長頸鹿不是草食性動物嗎？為什麼牙的棲息地會稱為長頸鹿林？」

「看看這裡就知道啦。每棵樹都長得像長頸鹿，對吧？古書先生好像說過一段很難懂的話。危險之牙的棲息地原本叫作『斷腸刎頸殺戮林』，久而久之縮寫成長頸鹿林，然後樹木就長得愈來愈像長頸鹿；另一種說法是，這裡的樹原本就長得像長頸鹿，所以才叫作長頸鹿林，但是也引來專門斷腸刎頸殺戮的牙。剛才我也說過，這種地方沒有規則，很難說出個道理。」

「嗯哼。」露子嘟著嘴望向天空。星丸的話她一個字都聽不懂，但聽著那一派輕鬆的語氣，露子的心情也放鬆多了。此時——

「那是什麼？」星丸突然指向天空。

露子順著他指的方向望去，哎呀，怎麼有個白色的菱形紙片浮在天空呢？

「……那是風箏嗎？」

「風箏？」星丸聽得一頭霧水。

兩人面面相覷，然後不約而同大叫：

「——是電電丸呀！」

「——是電電丸啦！」

沒錯，絕不會錯的。電電丸也被送到長頸鹿林了！他特意放出風箏，好通知大家自己的所在地！

「露子，走吧。妳要跟緊我，這裡到處都是牙喔。」

露子還來不及點頭，星丸便攤開藍色翅膀，而露子也迅速攤開蝙蝠雨衣的翅膀。

星丸率先起飛，露子也敏捷追上，在群木間穿梭。露子的飛行技術已追上星丸，只見她緊跟在後，維持高速卻又能避免相撞。

露子滿懷期待，心臟如打鼓般狂跳。一旦找到電電丸，或許也能找到古書先生、舞舞子及鬼魂。說不定，莎拉已經在舞舞子的照顧下恢復了精神呢！

想到馬上就能跟大家重逢，露子真恨不得這些阻礙飛行的樹木趕快消失。

——此時。

「小心！」星丸大喊。

銳利的藍白色閃光倏的在露子旁邊發出閃電般的光芒。露子連尖叫的時間都沒有。

幸好星丸拉了露子一把。牙一下子就消失了，但是露子的兩束馬尾，被割掉了幾撮。

露子背脊發涼，不禁抱緊自己。如果不是星丸搭救，恐怕她的頭就遭殃了。

「來，我們繼續趕路吧。別在意頭髮，很快就長回來了。」

星丸拉著露子的手臂，再度起飛。露子知道再怕下去也不是辦法，只好按捺著恐懼，繼續飛行。

長頸鹿林沒有任何聲音。沒有鳥鳴，當然也沒有任何故事種子的樂音。只是，遠方的林木間偶爾會閃過無聲的白色光芒，令人不寒而慄。

「露子，就快到了。」

星丸不時望向上空的風箏，為露子打氣。露子只是默默對著他的背影點頭。

快！再快一點，快點跟大家會合，找到莎拉——

飛著飛著，他們終於抵達風箏的所在地。

然而……露子覺得好洩氣，胸口彷彿被牙劃出了一個洞。風箏線綁在樹幹上，飛了大老遠，此地卻空無一人。

「怎麼會這樣？到底……」露子收起翅膀著地，不知該如何是好。

星丸戳戳她的肩膀。

「喏，妳看這個。」星丸指向纏著風箏線的翠綠樹幹。仔細一瞧，上頭有刀子刻出的文字：

我在附近　若見此留言　以口哨為信號

文字很潦草，對方應該刻得非常匆忙。

星丸忽然咧嘴一笑，深吸一口氣。

「這招真聰明！畢竟牙不識字嘛。他一定就躲在這附近。」

接著，星丸吹出短促而高亢的口哨，如同鳥啼一般。

「……小弟弟？」是電電丸的聲音。

聲音來自於稍遠的樹木後方，聽來真令人懷念。露子屏息以待，此時星丸再度握住她的手。

「露子也在喔。」

「哇啊啊啊，太好了，真是太好了！幸好你們平安無事！」

率先從樹後面衝出來的不是電電丸，而是鬼魂。鬼魂大剌剌的緊抱住露子，一點兒也不害臊。露子頓時無法呼吸（因為整張臉都被鬼魂的塑膠袋身體埋住了），因此趕緊拉開距離，用力吸進一口氣。

「你們都沒事吧？莎拉呢？」露子急忙發問。

電電丸與鬼魂面面相覷。其他人似乎都不在這裡。一股寒意在露子心中逐漸擴散。

「這、這裡只有我們兩個喔。」

電電丸囁嚅道。露子覺得自己好像被人從樓梯上推下來一樣。

「為什麼？說呀，怎麼會……」

淚珠又一顆顆掉下來，露子粗暴的抹去淚水。鬼魂拍拍露子的肩膀。

「我、我……怎麼辦……」

露子低頭用手臂摀著臉，哭得一顫一顫。電電丸躊躇的將手擱在露子頭上。

「總之，我們四個人會合了，接著把其他人找回來就好。接下來——接下來，再把『下雨的書店』恢復原狀。我不知道會發生什麼事，總之，一切要恢復原狀。」電電丸小聲說道。

露子一聽，猛的抬起滿是淚水的臉。

她這才驚覺，原來電電丸也跟她一樣，覺得「下雨的書店」毀掉是自己的錯。露子抿緊嘴脣，點了點頭。

「嘖，我還以為大家都要轉行，跟我一起當探險家呢！」星丸調皮的端詳露子。

「你在說什麼呀。我生前是作家，死了也是個作家，今後不管發生什麼事，都絕不可能轉行！」

露子跟星丸聽了不禁笑出來，就連電電丸臉上也浮現笑意。

接著，電電丸換上正經的神情，從和服袖子掏出一根細長的東西，看起來像是放煙火的竹筒。梅花色的紙罩著竹筒，上頭有條沾了引信蠟的繩子。

「我們要用這東西，看看能不能聯絡上舞舞子他們。這叫作『通訊球』，如果信念不夠強，就無法打上天空。我覺得，由小妹妹來做最好。」

電電丸將竹筒交給露子。

「只要握住它，專心想著自己想通訊的對象，就能點燃引信……怎麼樣，小妹妹，妳辦得到嗎？」

露子接下通訊球，緊抿著嘴點頭。沒空害怕了，現在連一分一秒都不能浪費，得趕快跟大家會合才行。

「好啦，電電丸。趁著露子放煙火時，我們去探查一下長頸鹿林。你大致上知道該怎麼逃離牙了吧？說不定其他人就在附近。反正有風箏當路標，我們隨時都能回來。」星丸指著天上的白色風箏。

電電丸默默點頭。

「小妹妹，加油喔。」

「嗯。電電丸、星丸，你們也要小心！」

就這樣，電電丸踩著木屐咔啦咔啦跑開，星丸也變成小鳥型態飛走了。

現場只剩下露子與鬼魂。露子握緊竹筒，拚命想著大家……然而，卻總是不順利。想當然耳，第一個浮現腦海的總是莎拉。

（只要能知道莎拉的安危……不、不對，古書先生與舞舞子姊姊的安危也很重要。啊，還有書芊跟書蓓！她們倆該不會被甩到很遠的地方了吧？畢竟她們那麼小。為什麼我沒有握住莎拉的手？莎拉現在一定在哭。古書先生一定也在唉聲嘆氣……書來瘋先生，下次見面，我絕對饒不了你！……不對、不對，我才不想跟書來瘋通訊……）

露子的思緒簡直像一團亂麻，每當引信稍稍點燃火苗，便又馬上熄滅，點了又熄、熄了又點……

露子握著「通訊球」的竹筒不斷與混亂的思緒對抗，過了半天還是弄不好，累得一屁股坐在綁著風箏線的樹根上。牙的光芒在稍遠處閃爍，這多少影響了露子。鬼魂貼心的坐在露子身旁陪伴。

「……欸，靈感。」

露子為了讓腦袋休息，索性找鬼魂聊天。而且，有些事情她也想弄清楚。

「怎麼啦？」

鬼魂高亢的聲音，與危機四伏的長頸鹿林非常不搭調。露子放下手中的竹筒，在腦中好好整理問題，然後才發問。

「當作家是什麼感覺？如果有人批評你的作品，你有什麼感想？——古書先生應該批評過你的作品吧？」

鬼魂聞言，眨了眨發出蒼白光芒的眼睛。

「這個嘛——」鬼魂說到一半倏的浮到空中，好似飛躍的魚兒。「這個嘛，我覺得作家是這世界上最棒的工作。而且寫著寫著，有時主角會說出超乎我想像的話，彷彿他真的有生命，而不是我創造出來的。遇到這種時候，工作的辛勞全都不重要了！況且……」

原本高談闊論的鬼魂突然沒了氣勢。

「古書先生嫌棄我的稿子，也不能怪他。我知道古書先生真的很喜歡故事，才會恨鐵不成鋼。看了那個書來瘋先生的言行，我終於明白了。書來瘋先生真的很過分，根本是自私鬼。

我認為，不管是作者或是讀者，都必須尊敬書本。古書先生只是嚴格遵守對書本的禮節罷了……」

露子心底有個無以名狀又從未觸及的地方被深深觸動了。她對著鬼魂坦白說出真心話。

「靈感，我……長大之後，想當作家。」

鬼魂默默注視露子半晌，然後用力擠壓自己的臉頰，像顆快樂的氣球般在空中翻了一圈！

「那真是太棒了！意思是說、意思是說，我救了一個未來的暢銷作家嘍？」

露子不知道什麼時候變成鬼魂一個人的功勞（而且他還認定露子將來是暢銷作家），只知道自己紅了臉頰。鬼魂眼中閃爍著期待，一把湊近露子。

「欸、欸，妳現在在寫什麼？」

「……寫那些差點被你吃掉的故事種子後續啊。」

露子為了掩飾害臊，便故意挖苦鬼魂。然而鬼魂一點都不在意，高舉雙手歡呼。

「好猛喔！最好趁年輕多寫一點。如果妳不嫌棄，不管有什麼問題，儘管問我這個作家！」

「嗯、嗯……」

露子僵硬的點點頭，胸口的心結似乎倏的解開，消失無蹤。

露子從褲子口袋掏出暗藏許久的筆記本。筆記本的大小跟日誌差不多，封面是漂亮的藍天，散落著一顆顆白色星星。

她握著「通信球」的竹筒，「咚」一聲靠在樹幹上。

「唉，虧我原本想第一個告訴星丸呢。」

沒錯，露子為了夢想成真，原本想第一個告訴幸福的青鳥、希望之星——星丸。然而，奇妙的是，此時她覺得心情輕鬆多了。

鬼魂掩嘴竊笑，說道：

「呵呵呵，幹嘛找那隻鳥，找我這個作家才對呀！欸，下次讓我看看妳的作品嘛，我好想看喔。」

「嗯。」

這回，露子深深頷首。

露子手中那本小小的筆記本，裡頭塞滿了寫到一半的故事，以及備忘錄。將來，露子所寫的故事，能不能排列在《下雨的書店》呢？古書先生會不會大讚好看，舞舞子姊姊會仔細將它排在書櫃上，而書芊跟書蓓則將它抬給客人……書來瘋先生，別想在這本書挑毛病……

此時，露子手中的竹筒突然發出亮光。說時遲那時快，「通訊球」拖著發光的尾巴飛上天空、穿越樹林，在星空綻放桃紅色與水藍色的火花。

露子站起來，呆若木雞。剛剛腦中想的是誰來著？一旁的鬼魂也愣愣的望著天空。

總而言之，煙火已經放了。看到煙火的星丸與電電丸，肯定馬上就會飛奔回來。

十一　雨信

煙火彷彿成了繁星的一員，在天空綻放許久的光芒。煙火灑下雨滴般的小光點，遲遲沒有散去的跡象。火光小而明亮，無論距離多遠，都能使命必達。

「妳傳訊息給誰？」

星丸變成人形，在露子身旁氣喘吁吁問道。雹雹丸和鬼魂也一臉認真。

露子茫然的望著天上的煙火，然後心虛的說道：

「我……我不知道。」

在眾人的注視下，露子扭扭捏捏的揉弄自己的手。

「我……應該是想著『下雨的書店』才對……但是也有可能，搞不好，我想到了書來瘋先生。」

「哇！」

鬼魂慘叫著彈起來，而星丸像隻愛搗蛋的貓，賊賊一笑。

「那很好啊，真有妳的！送戰帖給書來瘋，該決鬥嘍！」

現在不是開玩笑的時候吧？露子嚇得臉色慘白。

電電丸無視露子及星丸，逕自望著天空半晌，然後喃喃說道：

「……有雨的味道。」

露子與鬼魂面面相覷。他們也嗅了嗅，但根本聞不出什麼雨的味道。不過，星丸似乎很快就聞出電電丸所說的氣味。

「嗯，的確是雨的味道。——還有茶水和甜點的味道！」

就在這時——

滴答！煙火逐漸消失，透明的水珠一滴滴從天而降。水珠正巧落在露子一行人的正中央，才落到一半就停在空中。

方

停在空中的雨滴竟在眾人面前分裂成文字的形狀。然而才一會兒，雨滴就失去文字的形狀，滴落地面。

大夥兒瞪大眼睛，很快的，下一滴雨又落了下來。這回的雨滴同樣在空中暫停，變成文字的形狀。

才

「方才？這是啥啊？」

星丸的疑問似乎啟動了什麼，只見寂靜的長頸鹿林開始滴滴答答下起雨，好似溫柔的鋼琴旋律。

來

函

業

已

收

悉

「方才來函業已收悉？收悉是啥啊？」

星丸一頭霧水。鬼魂見狀，故意學平常的星丸噗嗤一笑。

「你連這種事都不知道？所謂的『收悉』啊，就是說『我已經收到啦』！」

「噓！安靜！」

過了半晌，透明的白銀色雨滴又落了下來。每滴雨珠都在空中變成文字的形狀。

我
們
平
安
無
事

「……是舞舞子吧。」電電丸說。

露子恍然大悟的抬起頭。接下來，她決定更認真閱讀雨滴所寫成的文章。

現已火速前往稍安勿躁請

……靜……待……會……合……

「稍安肉燥是什麼肉燥？」

露子用手肘頂了一下星丸。

「星丸，你真是的！這種節骨眼不要開玩笑！是『現已火速前往，稍安勿躁，請靜待會合』啦。」

星丸嘟著嘴，雙手交疊在腦後，哼了一聲。不過，他看起來一點反省的意思也沒有，反倒一副要吹口哨或哼歌的樣子。

「照這樣看來，古書先生一定也在吧。這不像是舞舞子姊姊的文字風格啊。」

「說不定莎拉也在那裡喔。」

鬼魂一說，露子的心頓時湧現一股暖流。沒錯，失散的只有我們，其他人一定都聚在一起。畢竟都說「我們平安無事」了……

雨不再下了。露子一行人默默屏息以待，靜待舞舞子他們到來。牙的閃光，時而劃破長頸鹿林的藍色夜空。

眾人等了又等，等到手腳都快發麻了。遠方傳來的聲音喚起露子一行人的意識，彷彿在海底動彈不得的潛水員被打撈上岸。

「……露子……星丸……！」

不會錯的，那是舞舞子的聲音！

「呀呼！太棒啦！」

星丸高舉拳頭跳起來。

「喂……你們沒事吧！」

這回是古書先生的聲音。

「哇，得救啦！喂～喂～我們在這裡啊！」

鬼魂大聲嚷嚷，獨自往聲音的方向飛去。說時遲那時快，一道冰冷的白色閃光，將鬼魂的身體切成上下兩半。

露子不禁掩嘴尖叫。鬼魂死了！……然而——

「你怎麼老是學不乖呢？這是第幾次被牙咬了？」

電電丸萬般無奈。他的八字眉都皺到快連在一起了。

鬼魂難為情的呵呵笑、搔搔頭，轉過只剩下上半身的身體（說起這景象有多可怕，大概比鬼魂至今擺出來的恐怖表情都更令人背脊發涼）。不過，鬼魂早就死了，所以不用擔心再死一次。被切斷的下半身（活像水母皺皺裙襬的下半身），轉眼間就接回他的身體。

「有那風箏，他們應該不會錯過。」

露子鬆了一口氣，如此說道。不過，她還是按捺不住，朝著聲音的方向——天空——高聲大喊。

「我們在這裡——！古書先生、舞舞子姊姊，莎拉沒事吧？」

星丸也有樣學樣，對著天空又叫又跳。

「喂——我們在這裡啦！甜點沒事吧？我今天還沒好好吃下午茶呢！」

不久，星空隱約出現了銀白色的東西。要不是聽見古書先生與舞舞子的聲音，大夥兒肯定以為那只是飄浮在天空的蕾絲緄邊手帕。

「露子、星丸！哎呀，鬼魂先生和電電丸也在！」

舞舞子從蜘蛛網（簡直就像奇形怪狀的飛天魔毯）探出頭來，笑逐顏開。

「來，你們幾個快點上來！小心別被牙咬了！」

古書先生也露出那張長著大嘴的臉，為大家加油。

露子與星丸立刻攤開各自的翅膀，鬼魂也會飛，問題就剩下電電丸了。這個人非常輕，所以只要露子和星丸一起扶著他，應該很快就能飛上蜘蛛網魔毯。

然而，正當一行人準備往上飛，舞舞子卻忙不迭對著地面大叫。

「你們不必飛上來！我把蜘蛛的『救生絲』[4]垂下去，只要你們緊緊握住蜘蛛絲，就不必怕牙了！」

舞舞子才剛說完，珍珠色的蜘蛛網魔毯便往露子、星丸、鬼魂及電電丸頭上，垂下四條銀色蜘蛛絲。

「好了，大家快抓住蜘蛛絲！只要握著它，就能驅走想傷害你們的東西！」

眾人紛紛照著舞舞子的指示行動。據舞舞子所說，只要握緊這條「救生絲」，可怕的牙就無法攻擊露子一行人了。

「救生絲」雖然細，握起來卻很扎實。露子擔心不夠牢固，於是扯了一下。

4　影射芥川龍之介的《蜘蛛之絲》，描述佛祖往地獄垂下蜘蛛絲救罪人的故事。

結果呢？

反作用力發揮作用（看起來就像這樣），銀白色的「救生絲」彷彿水球的橡皮筋，將露子猛地往上拉！

露子嚇得連尖叫都叫不出。還來不及眨眼，露子就被拉到蜘蛛網魔毯上了。

星丸、鬼魂與電電丸也陸續登上蜘蛛網。

「好猛喔，這是舞舞子姊姊做的吧？」

星丸興奮的用腳丫踩了踩蜘蛛網魔毯。蜘蛛網好似豪華布料，在腳下發出沙沙聲。它不像電電丸的烏雲那麼不穩定，踩起來非常穩固，跟真正的地板沒兩樣。

笑得燦爛的舞舞子、深深頷首的古書先生、開心擊掌的書芊書蓓……露子好想念大家，真想一把抱住所有人……不過……

「古書先生、舞舞子姊姊……莎拉呢……？」

蜘蛛網魔毯上並沒有莎拉。露子覺得心好像破了一個洞，宛如墜落到萬牙攢動的長頸鹿林。

舞舞子眉頭深鎖，托著腮幫子。古書先生重重嘆了口氣，張開大大的鳥喙。

「唉，很遺憾……」古書先生面色凝重。「那孩子，好像被書來瘋先生綁走了。」

露子的臉頓時變得比鬼還蒼白。怎麼會呢？這種事……萬萬不能發生呀！

「當時，書來瘋先生不是說過嗎？『把你們最年輕的時光給我吧』。我們之中最年輕的時光——也就是年紀最小的，正是莎拉。」舞舞子的聲音滿懷悲痛。

露子覺得身體彷彿四分五裂了。書來瘋先生到底想對莎拉做什麼？該不會想吃了她吧？不，說不定是更糟糕的事……

露子搖搖頭，雙馬尾也隨之甩動。

（什麼跟什麼呀，更糟糕的事？還有比被吃掉更糟糕的事嗎？可是……）

露子咬緊下唇。書來瘋先生是骷髏，應該不能吃東西。那麼，莎拉到底會有什麼下場呢……？

「來開作戰會議吧！」

星丸翻了個筋斗，變成小鳥啼叫。他的聲音實在太有精神，露子看得目瞪口呆。其他人要麼傻眼、要麼發愣，個個神情困惑。

星丸停在露子頭上發言，一副「你們在困惑什麼啊」的語氣。

「作戰呀，拯救莎拉大作戰！我們接下來要迎向真正的大冒險了！我們要組成拯救莎拉戰隊，殺他個措手不及！」

這番話語為露子的心點亮一盞明燈。

「我……贊成星丸！況且，我可是莎拉的姊姊，怎麼能不救她呢！

再說、再說——無論如何，我都要讓『下雨的書店』恢復原狀！」

露子說完，雹雹丸、舞舞子及古書先生都紛紛點頭。

古書先生大為感動，烏黑眼眸透過鏡片泛出淚光。他走向露子伸出短短的翅膀，用力握住露子的手。

「說得好，說得太好了！說起來，我們怎麼能為了這麼點小事灰心喪志呢！該是推翻暴君的時候了！打鐵要趁熱，舞舞子，目的地只有一個！行使『無論如何』！」

舞舞子頓時倒抽一口氣，但還是毅然的點點頭。

「要呼叫『降雨者』對吧？」

「沒錯。」

古書先生重重頷首。

「『降雨者』是……？」

露子看看古書先生，又看看舞舞子。

「嗯哼！」古書先生低吟一聲。「所謂的『降雨者』，就像字面的意義，是指負責降雨的人。只要能找來降雨者，我們『下雨的書店』馬上就能重現生機！」

露子跟星丸面面相覷。

「簡單說，就是逆向思考啦。」古書先生轉動翅膀的前端。「那個暴君書來瘋先生，應該還沒有遠離『下雨的書店』。從他至今的經歷看來，多半會再欣賞自己的『傑作』一陣子。不過，我們『下雨的書店』可是很頑強的，只要有故事種子與雨水，就能繼續經營下去！故事種子不是問題，只要去丟丟森林批貨就行；至於消失的雨水，只要行使『無論如何』，向天祈雨，順利的話，就能在『下雨的書店』下一場大豪雨！

這麼一來，就像用蓮蓬頭沖洗乾巴巴的海綿一樣，很快就會吸滿水了！書來瘋先生一定會過來查看，到時再趁機把莎拉救回來！」

露子聽得目瞪口呆。事情真有那麼順利嗎？

「我是聽不大懂啦，但感覺會是一場大冒險耶。」星丸快速拍打翅膀。

不久，蜘蛛網魔毯開始飄浮在星光閃耀的夜中中。蜘蛛網照著舞舞子的意思飛行，飛向某個目的地。

「好了，大家肚子也餓了吧……只是我也拿不出什麼像樣的茶點，畢竟桌子和桌巾都不見了……露子，吃了這個之後，你們就好好休息吧。」

舞舞子說完，從蓬蓬的洋裝袖子掏出一盤用銀器盛裝的鮮豔冰淇淋，簡直像變魔術似的。

「吃冰淇淋炸彈嘍。」

舞舞子將湯匙發下去，堆出和藹可親的笑容。

色彩繽紛、口味多樣的冰淇淋堆得又高又美，彷彿一座色彩繽紛的冰淇淋小山。星丸和鬼魂馬上撲向冰淇淋炸彈，電電丸沒有接下湯匙，而露子則握著湯匙，癱坐在蜘蛛網魔毯上，望向遠方。

星丸似乎說的沒錯，這世界沒有規則可循。遠方夕陽西下，而另一側卻正發出魚肚白，準備升起太陽呢。

「露子，打起精神來。」

舞舞子走到露子身旁，搭著她的肩膀。露子點點頭，這時突然想起一件事，仰望舞舞子。

「舞舞子姊姊，剛剛的雨是怎麼下的？」

舞舞子的黃昏色眼眸露出訝異之色。

「那叫作雨信。只要有一點點水，就能將思念化為文字雨，落在妳想送達的地方。簡單說來，就是雨水電報。」

「如果不知道目的地，就不能使用嗎？」露子著急的問道。

舞舞子沉穩的回答：「這個嘛，如果沒有具體的地標，很難順利送達。不過，只要妳對對方的思念夠強，說不定能成功喔……露子，妳試試看吧，一定能成功的。」

看來，露子的心思都被舞舞子看穿了。舞舞子見露子點頭答應，便從洋裝的暗袋取出裝著清水的水晶瓶，交給露子。

露子一看就知道，這是「下雨的書店」的雨水。雨水清澈又明亮……而且蘊含著許許多多故事。「下雨的書店」的雨消失了，舞舞子所珍藏的雨水是多麼貴重呀。露子明白這點，但無論如何，她都想試試看。

「……我會愛惜它的。」

她誠摯說著，從舞舞子手中接過水晶瓶。

為了讓露子專心，舞舞子決定去照顧星丸他們；至於古書先生，居然正埋頭閱讀從乾巴巴的「下雨的書店」帶出來的磚頭書（到底哪時候帶出來的），當成世上最後的精神糧食。

露子到蜘蛛網的角落坐下，小心翼翼打開瓶蓋。天空染成一片金黃色，令人分不清究竟是黃昏還是黎明；空氣中時而傳來攝人心魂的旋律。

露子專心想著莎拉，握緊瓶子。

（莎拉，拜託妳平安無事。不要哭喔。我這次一定會當個好姊姊……姊姊馬上就去接妳了。）

接著，露子伸出手臂，慢慢傾倒瓶身。

雨珠升上天空，像是對天祈求，也像是高傲的淚珠。每一顆雨珠，都閃耀著天空的金黃色彩。

露子定睛望著飄走的一顆顆雨珠，祈求它們順利送到妹妹面前。

十一　雨信

十二　渡渡鳥公會的「無論如何」

飛天蜘蛛網飛越了雪山，飛越如大海寬廣的河川，也飛越宛如巨大隕石坑的山谷。

露子屏住氣息。想不到「下雨的書店」的另一側，竟然有如此廣大而奇妙的世界。有座山谷的魚兒游在風中，有片沙地的生物長得像小妖怪，牠們用月長石打造街道，數不盡的深邃森林、湖中都市，還有一座古都的運河縱橫交錯，活像一幅錯覺畫。

一行人終於飛越翠綠的叢林，一座巨大的建築物映入眼簾。它看起來像古代遺跡，但有些地方的木製凸窗的釘頭卻又閃亮如新，真奇妙——奇也妙哉的龐然巨物。

這裡簡直像是用一座山削切打造而成的。建築物的最深處彷彿祭祀著神祕的遠古之神，那排擺著番紅花盆栽的窗臺，似乎有人正輕快的哼著歌。

蜘蛛網魔毯在對開的石門前降落。舞舞子將魔毯像捲床單似的捲起來（結果變成一團小小的繭），收進洋裝暗袋裡。

門的拱柱在日晒雨淋之下已變得褪色、斑駁，刻在上頭的文字，露子完全看不懂；等她定睛細看，哎呀真奇妙，上頭的文字竟然開始變形，變成露子看得懂的文字了！

上頭寫著：

鳥喙沉重方得沉思，翅膀短小方得深藏智慧，雙腿粗短方得支撐才智。

露子才剛讀完，文字又變了。

欲入此門者，道出本部門規。

露子看得一頭霧水，星丸、鬼魂和電電丸也不例外。

「這是什麼意思？」

星丸在露子頭上偏偏頭。古書先生沒說話，只見他威風凜凜的大步走向門前，慎重夾在腋下的那本磚頭書，更使他閃耀出智慧的光芒。

大門一片平坦，沒有門把，也沒有任何線索。

啪沙！古書先生揮動翅膀（聲響聽起來跟攤開報紙差不多），猛地鼓起胸脯，高聲說道：

「無論如何！我等前來求助！」

話才剛說完，拱柱的文字又變了。

批准，大門開放。——渡渡鳥公會總部

「渡渡鳥公會？」

露子與星丸異口同聲說道。

古書先生又志得意滿的鼓起胸脯，活像隻鴿子。

「沒錯，這裡就是我們渡渡鳥的大本營！」

露子呆若木雞。渡渡鳥大本營？還有剛才的暗號，「無論如何」是重要門規？

好像哪裡怪怪的。不過——

——轟隆……

大門伴隨著沉重的聲響，緩緩打開。這道至少二十個大人才推得動的厚重石門，竟然自動開啟了。

露子小心戒備，以免突然衝出什麼人，但門後悄然無聲，連老鼠的腳步聲也聽不見……不僅如此，後面還黑漆漆的。這片黑暗令人聯想起遠古時光，也令露子想起書來瘋先生的魔法，不禁打起哆嗦。

（不過，現在不是害怕的時候。我得去救莎拉，還得將「下雨的書店」恢復原狀才行。）

露子將恐懼和著唾液一起吞下去。

「好了，跟我來！」

古書先生面無懼色（羽毛卻緊張得一根根倒豎），率先往前走。舞舞子肩上的書芊與書蓓害怕的抱住她的脖子，舞舞子則肅穆莊嚴的跟著古書先生，一副謁見女王的態勢；至於後面的電電丸，卻咔啦咔啦的踩著木屐，看起來真滑稽。接下來應該是鬼魂吧？不，他一下子就躲到露子後面，推著她的背呢。

「……我很怕生……畢竟我是作家嘛。」

露子嘆了口氣，一邊被鬼魂推著，頭上還載著蹦蹦跳跳的星丸，踏進陰暗的玄關口。

這條通道有點像圖書館通往「下雨的書店」那條漫長通道，彷彿

巨人耗費多年所挖掘的隧道。明明沒有燈火，露子卻感覺得到周遭景象，真不可思議。不只視覺和聽覺，似乎連長年忘記使用的感受能力，都隨著前進而愈來愈敏銳。

露子一行人在陰暗的通道排成一路縱隊，默不吭聲的前進。

不久，露子感覺到帶頭的古書先生停了下來。到盡頭了。明明那裡沒有門，但露子就是知道。

「無論如何，來者是誰？」

門另一端的說話聲，好似深沉而神祕的樂音。不過，露子覺得那裡應該一個人也沒有，只有聲音栩栩如生的傳出來而已。

「我是『下雨的書店』店長，古書！」古書先生答道。

「無論如何，出示具體證明。」

「……」

古書先生一會兒摘下眼鏡又重新戴上，一會兒搔搔頭，接著冷不防發出慘叫。

「啊！舞舞子，妳幹什麼！」

看來，舞舞子從古書先生背上拔了一根羽毛。

「哎呀，這應該能當作證明吧？」

舞舞子不卑不亢說著，將拔下來的古書先生羽毛舉到門前。

「……很好。」

話音剛落，門就開了。這扇門比大門小多了，但開啟的聲響依然莊嚴沉重。門另一端的亮光灑了進來，露子舉手遮住刺眼的光芒。

「哎呀哎呀，這不是古書老弟嗎？」

門的另一端傳出沙啞的女聲。

「永恆女士，久違了。」

古書先生報以寒暄，用翅膀示意所有人入內。

這是一間打著蜂蜜色燈光的寬廣房間。看來露子的直覺並沒有錯，這棟建築物真的是由整座山削切而成的。證據就是：天花板與牆壁的接縫不像一般建築物呈現直角，而是圓滑的曲線。

房間沒有任何裝飾品，牆壁沒有通往任何房間或走廊的門，也沒有字畫或窗戶。唯有一張堅實的氣派木桌，擺在房間深處。不僅如此，桌子後方還有一隻跟坐鎮「下雨的書店」的古書先生很像的渡渡鳥，透過新月形狀的眼鏡注視著眾人。

「永恆女士，大門的戒備變得好森嚴啊。」古書先生說。

桌子另一端的新月眼鏡渡渡鳥答道：

「你在說什麼啊，大門到我的辦公室可是一路直達呢。真要說的話，就算造一個讓你們走一百年都走不出來的迷宮也不為過喔，古書老弟。」

星丸聽得咯咯笑，換來古書先生的白眼。

舞舞子恭敬的對著桌旁的渡渡鳥行禮，而露子只能目瞪口呆的在一旁觀看。

「有什麼辦法呢，事關種族危機啊。渡渡鳥原本就數量極為稀少，近來愛挖掘祕密的好事者更是層出不窮。為了避免絕種，勢必得對訪客嚴加把關才行。

不過，面對同族的『無論如何』，絕不能拒絕。這是我們渡渡鳥的門規。」

這隻叫作「永恆女士」的雌性老渡渡鳥，只見她張嘴做出笑的動作（她的嘴巴在渡渡鳥中算小的），卻只傳出空氣流動的咻咻聲，一點笑聲也沒有。

永恆女士的桌子像古書先生一樣堆滿東西，但是看起來並不雜亂，而是擺放得井然有序。幾本燙金的小開本書、墨水瓶與純白色羽毛筆、小而沉重的金色天球儀及金色印鑑，還有奇形怪狀的玻璃容器，容器中飄動著不斷改變顏色的煙。唯有一樣東西跟古書先生桌上一模一樣，那就是壓在信件山上當文鎮的海螺化石。

「永恆女士，請您務必出手相助。我所經營的『下雨的書店』被書來瘋先生毀壞殆盡，不僅如此，那個暴君還把這個人類小孩的妹妹擄走了！」

古書先生將露子往前推了一把。露子踉蹌了一下，好不容易才對永恆女士行禮致意。露子第一次看到古書先生以外的渡渡鳥，但這位永恆女士比古書先生更有威嚴（畢竟她可是叫古書先生「古書老弟」呢），似乎上知天文、下知露子家前天晚餐的菜單，什麼都逃不過她的法眼——看起來深不可測，氣勢逼人。

「我早就知道啦，古書老弟。我的『全知懷錶』算得可是分毫不差。」

語畢，永恆女士從桌子抽屜拿出大型金色懷錶，仔細觀看。露子很想看看懷錶的面盤，但實在不敢開口告訴永恆女士。

「話說回來呀，書來瘋先生也真是墮落了。居然擄走人類的小孩，這可不是我們裂縫居民該做的事呀。」

（裂縫居民？）

露子聽了覺得納悶，於是仰望舞舞子。

不過，回答的是永恆女士。只見永恆女士那雙銳利的眼睛透過新月眼鏡射出神祕光芒，露出不懷好意的笑容，注視著露子。

「你們人類與你們熟悉的動植物所居住的世界，任何已知空間，就當作是檯面上的世界好了。相對的，我們這種生物——也就是超乎你們認知的生物所居住的世界，就是裂縫世界。有時候，檯面上的居民也可能闖進世界的裂縫，就像妳，小妹妹。而——」

永恆女士壓低脖子，低聲說道：

「世界的裂縫呢，比檯面上的世界更深邃、更無限寬廣。」

露子不寒而慄，心想得趕快換個話題，於是指向永恆女士桌上的文鎮。

「呃，那是指菊石的化石吧？古書先生桌上也有。」

不料，永恆女士的臉頓時沒了威嚴，變得跟古書先生一樣鼻孔噴氣。

「年輕人就是這樣！受不了！這年頭的年輕人，到底都學了些什麼？聽好了，這是雀羽菊石的化石！菊石目旋菊石科的無脊椎動物！這點程度的知識，應該在牙牙學語前就學會了呀！」

永恆女士講的話簡直是古書先生的翻版，但反而令露子感到放鬆。原本她因巨大建築物和陰暗的通道而提心吊膽，這下子總算能卸下心中的大石了。

永恆女士的新月眼鏡彷彿由高級冰塊打造而成，她的眼鏡射出光芒，從座位起身。

「不必一一寒暄了，我知道你們每個人的身分。古書老弟的助手兼精靈使者舞舞子，以及她的精靈書芊和書蓓。還有舞舞子的親戚——雨童電電丸，在『下雨的書店』打雜的鬼作家。青鳥小子是星丸，對吧？還有，呃——」

永恆女士忽然瞥了一眼「全知懷錶」。

「真正的人類女孩——露子。被書來瘋先生擄走的是妳妹妹，莎拉吧？你們的目的是救出莎拉，將『下雨的書店』恢復原狀。既然如此，就不能再拖拖拉拉了。無論如何，需要幫助的夥伴，渡渡鳥絕對會傾力相助。

來，過來吧。為了達成目的，必須找來降雨者才行。你們也是知道這點，才特意前來的吧？」

「正是如此，永恆女士。」

古書先生恭敬的點頭，然後啪的攤開單邊翅膀，高聲說道：

「降雨者，就是天水——雨水的掌管者！只要找來降雨者，就能將毀在書來瘋先生手下的『下雨的書店』——」

「咚咚！」永恆女士敲打桌子，硬是打斷連珠炮般講個不停的古書先生。

「廢話不要那麼多，大家早就知道了。我們老人跟你們不一樣，剩下的時間可不多。」

語畢，永恆女士拄著鑲滿寶石的拐杖，走向房間一隅。

永恆女士一靠近，原本空無一物的牆壁霎時浮現四方形金光，冒出一扇厚重的木門。只見永恆女士在門前略微低頭，豎起後頸的羽毛，咯咯笑道：

「事情能不能像古書老弟想得那麼順利，我就不知道嘍。就算讀了再多書，自以為無所不知，『知道』跟『看到』還是差很多的。小鳥弟弟身上應該會發生有趣的事情。」

「這是什麼意思？」星丸探出頭。

永恆女士沒答腔，清清嗓子轉向大家。

「好了，你們走吧。『全知懷錶』無所不知，但是萬一你們知道了一切，反而會躊躇不前，跟我一樣只能一輩子待在這房裡了。我只能為你們開門，年輕人就去外面探險吧！」

露子頭上的星丸一聽到「探險」兩字，立刻精神奕奕的高聲啼叫。

「啾啾！」

高深莫測的永恆女士一一輕拍每個人的背，就這樣，露子一行人穿越了木門。

十三　昴宿魚團

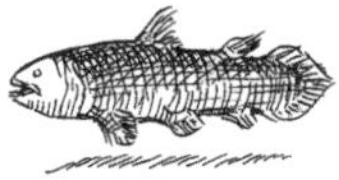

門的另一端是個陰暗的高大空間，就像飛機機庫一樣。無論是牆壁或天花板，都露出了老舊的鋼筋。

在那條昏暗通道喚醒的敏銳第六感，似乎在永恆女士的房間搞丟了。露子看不清楚，到底有什麼東西潛伏在偌大的黑暗中……不過，她覺得那裡確實有東西，而且也聽得見許多隻腳來來回回的腳步聲，還有推推車的聲響。

除此之外，露子也感覺到另外一批陌生潛伏者。一股糅合恐懼與熟悉的複雜、奇妙的感受，籠罩了露子整個人。

此時，露子清楚看見有東西從對面衝了過來。壯觀的大大鳥喙、短短的翅膀與粗腿，一雙眼睛在護目鏡後方骨碌碌轉動……那是一隻渡渡鳥。

「對不起，現在沒開燈！」

那隻渡渡鳥的聲音聽來像年輕女子，說話速度很快。

接著，渡渡鳥啪沙啪沙的拍打雙翼（以人類來說，就是拍手）。

「喂喂，客人來了！開燈！讓我們的好孩子出來亮相！」

開燈聲此起彼落。茲茲茲……現場響起銅線快燒起來的聲響，然後刺眼的燈光照亮了房間。

「哇，好猛喔！」星丸大聲歡呼。

露子呆若木雞，兩名披著羊皮紙披風的精靈，從舞舞子肩上翩然飛起。書芊和書蓓的藍寶石眼眸綻放出驚奇的神采。

眼前有好幾十隻辛勤工作的渡渡鳥！大家原本都戴著厚重的護目鏡，但燈一開，又匆忙摘下來。每隻渡渡鳥手中（正確來說是翅膀中）各自拿著水桶、長柄刷與扳手，在黑暗中工作。那副厚重的護目鏡應該是某種夜視裝置，所以燈一亮，他們便匆匆摘下來。

起初覺得燈光很刺眼，但久而久之，燈光也變得愈來愈柔和，好似滲進了黑暗。

朦朧的光線讓此地宛如祕密神殿，就算鬼魂所寫的書變成學校教科書，也比不上眼前景象帶給露子的驚奇。

露子一行人的所在地，果然如她所料，是飛機的機庫。不過停放在這裡的並非飛機，也不是船……

而是一隻、兩隻、三隻……七隻巨大的魚！牠們的魚鰭如手腳般粗厚，渾圓的眼睛閃耀出詭異的光芒，嘴角上揚，好似正對著美味的獵物說著：「嗨，你好！」

露子心想，跟百科全書上的腔棘魚長得好像喔。不過，腔棘魚應該沒這麼大吧？每隻魚都跟小型客機差不多，右邊有四隻，左邊有三隻，牠們整齊的朝著中央列隊，而且微微飄浮在空中，沒待在水槽裡。粗厚的魚鰭，在空中搖曳飄動。

「古書先生，歡迎。好久不見嘍。請看，這是我們最自豪的昴宿魚團！」

率先開口的雌性渡渡鳥摘下護目鏡掛在脖子上，熱情的朝古書先生走來。兩隻渡渡鳥緊緊握手。

「嗨，烏拉拉，看妳這麼有精神，我就放心了。」

古書先生似乎認識這隻雌性渡渡鳥。有些渡渡鳥不時偷瞄、朝這邊點頭致意，但其他渡渡鳥早已回到工作崗位了。

「永恆女士告訴我了，真是多災多難呀。」

露子大吃一驚。大夥兒只是穿越一扇門就抵達此地，而這隻叫作烏拉拉的渡渡鳥，到底是什麼時候從永恆女士那兒聽來事情始末？

烏拉拉沒戴眼鏡（扣掉她脖子上的護目鏡不算的話），那雙骨碌碌的眼睛散發出好奇與智慧的光芒。一根根羽毛梳理得整齊柔亮，大大的鳥喙光滑無瑕，全身散發著年輕的光彩。瞧她的尾羽翹得高高的，說不定這隻渡渡鳥個性有點潑辣呢。

「你們需要降雨者吧？要找誰？」

烏拉拉的語氣開朗，但講話速度超快。

「斯忒洛珀跟墨洛珀在鬧彆扭，所以不能只出動其中一方，畢竟剩下的那方會吃醋。塔宇格忒前陣子剛出一趟遠門，現在在放假。我推薦阿爾庫厄涅，可是那孩子恐怕沒辦法承載你們這麼多人。這麼一來，就只剩下邁亞或厄勒克特拉……」

其他渡渡鳥的嘈雜聲掩蓋了烏拉拉的長篇大論。

「喂～要過去嘍！」有一隻渡渡鳥高聲大喊。

露子（以及鬼魂）屏住氣息。最後面的一隻大魚在空中慢慢游過來。

「刻萊諾[5]！」

烏拉拉驚聲尖叫，接著以渡渡鳥的獨特步伐奔向巨型腔棘魚。這隻叫作刻萊諾的腔棘魚緩慢而筆直的朝著露子一行人游過來。牠的眼睛圓滾滾的，清澈無瑕；魚鰭交互擺動，自信十足，一副「什麼大風大浪我沒見過」的模樣。

儘管烏拉拉拚命推擠刻萊諾的鼻子，想把牠推回去，牠卻只是緩緩搖頭，徑直往前游。露子一行人只能在一旁靜觀其變。

烏拉拉終於放棄阻擋，放任腔棘魚自由游動，於是牠緩慢而確實的朝著露子一行人游過來——正確說來，是朝向露子。

露子感覺到那雙活像透明大窗戶的眼睛正注視著自己。刻萊諾的粗厚魚鰭悄悄將烏拉拉撥到後方，接著游過古書先生、舞舞子和電電丸身旁，用那張光滑的大藍嘴溫柔的頂頂露子的肚子，好似要將她撈上來。露子嚇得魂飛魄散，差點以為自己要被吃掉了；但刻萊諾的笑容又是那麼親切和藹，於是露子頓時喜歡上這隻大魚，彷彿後面有個魔術師，將露子的不安變成鴿子放走了。

5 以上名字為昴宿星團中最明亮的七顆星，希臘神話中的普勒阿得斯七姊妹。

烏拉拉無奈的搔搔腮幫子。

「這麼說有點沒禮貌啦，但刻萊諾已經是阿嬤了，而且還在前陣子的飛行中受了重傷。不過畢竟也痊癒了，而且總不能因為人家是阿嬤，就不准牠去探險嘛。」

說得好！星丸在露子頭上翻了個筋斗。

「這孩子叫作刻萊諾。牠是我們昴宿魚團的老大姊。看來牠很喜歡妳喔。」

烏拉拉雙手扠腰，開心的看著大魚磨蹭露子（但是露子嚇得要死）。

仔細一看，刻萊諾的身上布滿了小傷痕。青銅鎧甲般的魚鱗、渾厚堅硬的嘴脣、彷彿由月光打造而成的魚鰭，全都傷痕累累，顯示出牠跨越了無數的艱難關卡。

露子端詳著那雙比七寶屋老闆的「聚寶盤」還大的魚眼。

「……妳願意幫我救莎拉嗎？」

只見刻萊諾微微張口，好似說著：那當然！接著，牠又開始磨蹭露子，像隻愛撒嬌的小狗似的。

「哎呀呀，看來牠不只喜歡妳，你們還臭味相投呢。」

烏拉拉的語氣帶著訝異。

「欸、欸，我們要去『天公天原』吧？」

沉默許久的電電丸忽然開口了。舞舞子肅穆的點點頭。

「是的，就只能這樣了……我想，現在最好的辦法，就是去天公天原呼喚降雨者。」

電電丸瞥了一眼被刻萊諾狂蹭猛蹭的露子，戰戰兢兢說道：

「呃，我、我覺得、那地方、好像……不大好耶。妳、妳想想嘛，如果大剌剌過去，搞不好會遭天譴……」

舞舞子皺起眉頭，古書先生則猛的揮舞翅膀，劃破空氣。

「你在胡說些什麼！身為雨童，怎麼能害怕七寶屋老闆所說的天公！對於當地的神明或精靈，我們當然是抱持最高敬意，所以你完全不需要擔心！」

電電丸一聽，只好愁容滿面的閉上嘴。他嘟起章魚嘴，嘴巴一開一合，舞舞子見狀，不免擔心起來。

「欸，那個叫作天公天原的地方在哪裡？我沒去過耶。」星丸興奮的發問。

「根據古老文獻記載，天公天原是廣大的宇宙中最無瑕的淨土，也是世上所有吉祥之物的發源地。我們要在那塊土地呼喚降雨者。」古書先生泰然自若答道。

「怎麼做？」

這回的發問者是撫摸刻萊諾鼻子的露子。咳咳！古書先生清清嗓子。

「嗯。根據可靠文獻的記載，天公天原有個嚮導，只要向他表達意願，他就會帶領來訪者抵達目的地。」

星丸吱吱吱的啼叫，好似在取笑古書先生。

「跟剛剛那個阿嬤說的一樣呀。簡單說呀，古書先生其實沒去過那裡嘛。」

古書先生一聽，火冒三丈的用力跺腳。

「我們渡渡鳥可不像你，沒事先調查就傻愣愣的到處亂跑，只會惹麻煩！我具備各種知識，前往危險的地方，最重要的就是必須準備萬全！」

「問你喔，只要去了那裡——只要拜託降雨者，就能將『下雨的書店』恢復原狀嗎？就能救出莎拉嗎？」

露子探出身子，認真發問。

「那還用說！放心吧，這是最安全、最穩當的方法。我向妳保證！」

古書先生挺起胸膛，誇下豪語。不過，星丸卻狐疑的偏偏頭（看他的樣子，好像等著看古書先生出糗似的）。

「既然如此，那我一定要去！」

露子果斷說道。電電丸無奈的縮起身子，不發一語。

「那就這麼說定嘍？」

啪啪！烏拉拉拍打刻萊諾的鰓。古書先生垂下肩膀。

「那還用說。我們當然要去天公天原。這隻魚能不能借我們？」

「無論如何嗎？」

古書先生深深頷首。

「無論如何。還有——」說到這兒，他瞥了一眼對露子撒嬌的刻萊諾。「這隻魚，看來是非載她不可了。真是的，我也算閱人無數，但還是頭一次看到有人這麼受飛行魚喜愛。」

烏拉拉調皮一笑。

「好啦，刻萊諾，別一直像隻小貓似的。該載著大家出發嘍。」

刻萊諾一副「我知道啦」的樣子，從容的放開露子。

「這孩子要載我們？」

露子眨眨眼。沒錯，飛行魚刻萊諾的身體非常巨大，就算露子一行人全騎在牠背上，應該也是小事一樁。可是又沒有韁繩，要怎麼騎在生物背上？既然是飛行魚，那一定是要飛上天吧？露子、星丸與鬼魂倒無所謂，但萬一古書先生、舞舞子跟電電丸掉下去，那可就慘了。

烏拉拉見露子望著刻萊諾的背部，忍不住笑出來。

「小妹妹，妳過關了！現在是不常載啦，但以前我們昴宿魚團的飛行魚經常載裂縫外面的人往返。妳猜那些人在坐上去之前說什麼？『這隻魚應該要拉船吧？船在哪裡？』但是妳願意跟刻萊諾一起飛翔，我欣賞妳。」

就這樣，烏拉拉揮揮翅膀要大家跟上來，接著經過刻萊諾身邊，走到魚的胸鰭後方。古書先生率先跟上，其他人也尾隨在後。

「啊！」露子驚呼一聲。

刻萊諾的胸鰭根部有個足以容納人通過的四方形入口。簡直就像真正的飛機！只要動動幾排魚鱗，入口的形狀就會隨之改變。

「快點上去吧！這孩子等不及想早點載著你們飛翔呢！」

只見刻萊諾不時晃動扇子般的尾鰭，證明烏拉拉所言不假。

露子愣愣的跟著大夥兒，走進刻萊諾體內。裡頭灑滿黃色的明亮月光，看起來跟巴士沒兩樣。

（難道說，這真的是飛機？可是這孩子又那麼親暱的向我撒嬌……）

露子呆若木雞的環視刻萊諾體內。牆壁是圓弧形，兩邊都設有電車座位，牆上各處都有魚鱗色的窗板，如果想看看外面，只要將它掀起來就好。

可是……

透過長靴，露子聽得見地板傳來的怦咚聲。那是神奇飛機——飛天古代魚的心跳聲。

刻萊諾是活生生的生物。牠衷心喜歡露子，想靠近她、依偎著她。露子覺得好開心，悄悄在胸前握緊雙手，笑逐顏開。

「好啦，祝大家一路順風！其實本來還有一些安全起飛的必要措施，不過這孩子已經等不及要出發了！」

語畢，烏拉拉簡單揮揮手，關上入口的魚鱗窗板。

「一路順風！」

在飛行魚四周工作的渡渡鳥們一起高聲大喊。

露子覺得身體好像被抬了起來，腳卻牢牢的站穩地面，感覺真奇妙。緊接著，重力傾向右邊，大夥兒紛紛東倒西歪。即使什麼都看不見，露子也明白：大家飛上天了。

搭乘飛行魚的天空之旅於焉展開。

十四　天公天原

「想不到有那麼多渡渡鳥，真是嚇了我一跳。」

露子坐在刻萊諾柔軟的座椅上，對著古書先生如此說道。雖然情況緊急，但能搭乘可愛的刻萊諾飛上天空，還是令露子雀躍不已。

「渡渡鳥不是絕種了嗎？我以為古書先生是奇蹟倖存的渡渡鳥呢。」

古書先生一聽，輕蔑的冷哼一聲。

「真受不了人類！怎麼那麼容易被迷信所騙？渡渡鳥可是見證這星球所有事蹟的高等物種，負有研究萬物的使命！」

「說了老半天，你還不是不敢自己飛出去探險。」

星丸變回人形坐在露子旁邊，用袖子掩嘴說道。

埋頭閱讀磚頭書的古書先生猛的抬起頭來。

「對你這種個頭小、又沒什麼骨氣和腦袋的傢伙，說再多都是對牛彈琴！我不是說過嗎？我們渡渡鳥進化成這種型態的目的只有一個，就是專心讀書！」

古書先生粗聲粗氣的冷哼一聲，重重靠在椅背上。

「沒錯，我們渡渡鳥正是地球這本大書的讀者。」

他喃喃自語，說完又埋首書中。

星丸一下子就對古書先生失去興趣，逕自掀起窗板，讓亮光灑進來。

「哇塞，好棒喔！露子，妳看！」

星丸摟著露子的肩膀，露子也爬上座椅望向窗外，簡直跟電車上的調皮孩子沒兩樣。

「哇！」

映入眼簾的，是藍中帶著翡翠色的清澈水流。閃耀著銀光的泡沫在波浪中嬉戲、流動。這裡好亮、好清澈，彷彿跳下去也能自然呼吸。古書先生接下來的話更是印證了這點。

「看起來像是在水裡，但這裡可是不折不扣的高空。不然，也不會叫作飛行魚了。」

「其實，若是能靠著我的蜘蛛網移動，就不必如此大費周章了。」舞舞子說。

不過，古書先生聽了卻皺眉搖頭。

「不、不，我懷疑妳的蜘蛛網能不能順利抵達天公天原。當然，舒適度是沒話說，不過陽春的蜘蛛網要是遇上強風，可就不堪一擊了。反觀飛行魚，不僅能明白乘客想去哪裡，更能順著風脈游動，是兼顧快速與安全的最佳選擇。因此，我才特地尋求渡渡鳥公會的協助。」

「風脈是什麼？」

露子回頭發問。舞舞子粲然一笑。

「這個嘛……簡單說來，就是風的大動向。河川及大海都有水脈，而天空也有風的軌道。」

露子恍然大悟的點點頭，再度望向窗外。刻萊諾的窗鱗內側不是玻璃，而是輕薄堅固的透明膜。露子和星丸伸出手，想試試看能不能摸到風脈，卻無功而返。

「刻萊諾好像很開心喔。」

露子坐回椅子上，搖晃雙腳。飛行魚的快樂心情似乎也逐漸感染了露子。

妹妹遭擄走所帶來的悲傷，「下雨的書店」的慘況……烙印在心頭的嚴重傷口，好似被清澈的水流淨化，漸漸痊癒了起來。刻萊諾的溫柔包覆了露子的心，給予她溫暖。

這趟飛行的目的地，究竟會發生什麼事？未來的擔心，彷彿被無形的力量悄悄隱藏了起來。

露子稍稍打了個盹。刻萊諾四周的氣流變得穩定，似乎回到久違的地面了。露子驚覺這點，趕緊睜開眼睛。

其他人早就醒了，星丸甚至還奮力甩動雙臂呢！

「露子，我們到了。」

舞舞子悄悄彎下腰，搭著露子的肩。露子略顯緊張的點點頭。

「呃，問你們喔，接下來我要幹嘛？」

鬼魂在刻萊諾體內輕飄飄的飛來飛去，彎曲身子。古書先生狠狠瞪了鬼魂一眼。

「鬼老弟，話先說在前頭，飛行魚不需要你顧。這隻魚會乖乖在這裡等候，直到我們回來。」

鬼魂啞口無言，眨了眨眼。

「電電丸，你一定會去吧？錯過這次探險的機會，就沒有下次了。」

星丸迫不及待的原地跳呀跳。電電丸一聽，臉色變得更凝重，一副欲言又止的樣子。

「好了，我們走吧。露子，妳還好吧？」

舞舞子攙扶露子起身。露子點點頭。

「對不起，我不小心睇了一——」

話才說到一半，露子卻張著嘴說不出話。舞舞子睜大眼睛。

「怎麼了，露——」

舞舞子也驚訝的張著嘴巴，說不出一個字。

「怎麼啦，舞——」

古書先生也不例外，話還沒說完，卻張著鳥喙吐不出話。

「——」

「——」

「——」

大夥兒各自張嘴，卻完全發不出聲音，書芊和書蓓擔心的在大家周圍飛來飛去。

此時，刻萊諾的門逕自開啟了。一行人紛紛轉頭，雖然驚訝，卻發不出聲音。

「歡迎你們。」

刻萊諾的門外，有個打扮窮酸的小矮人——不，不對。那不是小矮人，而是一隻跟人類的嬰兒差不多大的蒼蠅。他穿著一件滿是補靪的和服，色澤褪得連原本的顏色都看不出。

書芊和書蓓嚇得飛到舞舞子身後躲起來，鬼魂也一溜煙逃到後面。

「哎呀哎呀，各位不需要驚慌，根據天公天原的規定，外來的訪客必須強制噤聲。好了，各位跟我來，小心別走散嘍。」

蒼蠅小矮人扛著一塊箭頭形狀的大招牌，上頭寫著：

不走此路，走投無路。

露子一行人被這突發狀況嚇得面面相覷——唯有星丸三步併作兩步的衝向蒼蠅，舞舞子趕緊隨後追上，而大夥兒也宛如被無形的繩索牽動似的，默默走下飛行魚，追向蒼蠅小矮人。

外面一片黑暗，暗得令人打從心底感到不安。露子聞到剛下完雨的草地氣味。她回頭望向刻萊諾，只見牠依舊帶著那張奇妙的笑容，微微飄浮在黑暗地面的上方。

沒事的，刻萊諾會在這裡乖乖等大夥兒回來。離開刻萊諾之後，露子一行人還是不能說話——不僅如此，而且連一點點聲音都發不出來。大家就這樣默默跟在蒼蠅小矮人後面。

四周雖然一片黑，但還是感覺得出走在泥土地上。不遠處傳來庫嚕庫嚕、啾啾啾、吱吱吱、咕嚕嚕等不知名生物的鳴叫聲。有時聞到樹的味道，有時腳又碰到樹葉，看來這裡應該是森林中的細窄小徑。

由於四周黑漆漆的，因此只看得到前方小矮人的背影，發出朦朧的白光。大家專心往前進，生怕跟丟了那道光。

（好像會有妖怪跑出來耶……說到妖怪，其實後面的靈感先生也是鬼呀。）

因為發不出聲音，露子只好在腦中思考。

（可是，既然是天公天原，應該跟七寶屋老闆說的一樣，是神明與精靈居住的地方呀。現在這樣子，簡直像在鬧鬼景點探險嘛。）

此時，蒼蠅小矮人忽然轉過頭來答腔，彷彿聽見了露子說的話！

「我說啊，妖怪跟天公其實沒什麼差別喲。反正我們都是這星球的內臟嘛。無論是神明、蟲子、人類或吵死人的機械——都是同心協力驅動這顆星球呀。從這角度看來，星球上的萬事萬物，全都是不折不扣的天公。」

露子睜大眼睛，眨了眨眼。

蒼蠅小矮人繼續帶路，大夥兒繼續尾隨。走了老半天，眼睛也應該習慣黑暗了，但除了蒼蠅小矮人身上的朦朧光線，其他東西都像是上了黑色顏料似的漆黑。

露子愈來愈感到不安。大家還在嗎？鬼魂跟電電丸會不會在哪兒走失了？照理說，走在斜前方的是星丸，可是會不會不知不覺間，星丸已經被掉包了？——比如說，掉包成可怕的妖怪……

不安愈來愈擴大，露子咬緊下唇，用力抱緊自己。

不久，四周的生物鳴叫聲變小，樹的味道也逐漸遠離。透過長靴，露子感覺到地面已不是剛才的泥土地，而是柔軟的草地。

蒼蠅小矮人停下來，轉身說道：

「好啦好啦，我們到嘍。各位，接下來請千萬小心，別被麻煩的東西抓住嘍。告辭。」

他朝著大家一鞠躬，隨即攤開翅膀，嗡嗡嗡飛走了。

「……那傢伙是怎樣啊。」

星丸說話了。露子驚訝的摀住嘴巴。

「啊！能說話了！」

「哇塞，我也是！」

鬼魂也尖聲大喊。不過，他的聲音，馬上就變成慘叫。

前方忽然發出藍光。彷彿有一顆由海藍寶石所製成的太陽灑下萬丈藍光。藍色光芒照亮露子一行人，也照亮廣大草原，一路延伸到地平線。

藍色太陽射出流星礫石——本以為是礫石，直到牠們扭動著直飛而來，眾人才發現那是一群龍。

「啊！」

最先逃走的是鬼魂。但是他太慌張，一個踉蹌就摔倒地上。電電

丸、舞舞子及書芊、書蓓個個呆若木雞，至於古書先生，則是瘋狂揮舞短短的翅膀，羽毛飄得到處都是。在場所有人之中，唯有星丸眼睛一亮。

「哇塞，太猛啦！欸，那一定是降雨者吧？乾脆抓一隻來看看好了。」

「星丸，你在胡說什麼呀！總之先逃走……」

露子抓著星丸的手臂，但看來已經逃不掉了。才一眨眼，幾十隻龍便團團圍住露子一行人。

牠們的體型比想像中小多了。每隻龍的身體都是透明的，宛如由水所組成。牠們的眼睛狀似杏仁果，清澈透明，眼球表面彷彿還打著小小的浪花。

眾人被外型神似的龍群團團包圍，只好背靠著背，依偎著彼此。古書先生率先發聲。

「我、我是『下雨的書店』店長，古書！閣下想必是降雨者，還請助我等一臂之力……」

然而，水龍們打斷古書先生的話，開始用雨滴般的聲音聊起來。

「怎麼辦？」

「鳥先刷掉。」

「那隻大水母怎麼樣？」

「才不要咧，他看起來很膽小。」

「那雨童呢？」

「長相不行。」

「那孩子呢？」

「哪個孩子？」

「喏，就是那女孩啊。那個有蝸牛味的孩子。」

此時，其中一隻龍扭動身軀，朝著眾人直飛而來——正確說來，是朝著露子飛來。露子看著逐漸逼近的龍，嚇得動彈不得。

「決定了！就選這女孩！」

露子好似聽見了水龍嘹亮的聲音。

——咕嚕。

一道清澈又充滿活力的泉水，從露子的喉嚨直落而下。她吞下了水龍！

露子打了個大嗝，嚇得掩住嘴，接著倒頭昏睡。接下來的事情，她都記不得了。

十五　兩個莎拉

眼睛一睜開，露子就看到星丸的臉在她眼前（鼻子都快碰到鼻子了），一時以為又來到了月之原，於是下意識摸索口袋裡的百花彩妝盒。這一次，能不能也靠著百花彩妝盒討好欖羊羊．大哈茜呢……？

「……露子！」

舞舞子的聲音令露子回過神來，這次她真的醒了。

這裡才不是什麼月之原，而是點著柔亮燈光的刻萊諾體內。

「哎呀，這幾年來，我第一次嚇出一身冷汗！當然，書來瘋先生那件事例外。」

古書先生用翅膀對著臉搧風。

露子感覺到體內充斥著一股全新的力量。同時，天公天原所發生的事情，也開始一件件浮現在腦海。強制噤聲；跟著蒼蠅小矮人走過的漆黑小徑；還有——水龍。

「我、我……」

露子面容僵硬，摀住自己的嘴。

「我吞下了一隻龍！」

「露子，妳好猛喔！」

星丸在刻萊諾體內又蹦又跳。

「露子，妳變成了降雨者耶！既然妳都吞下水龍，當然就是降雨者嘍。對吧，電電丸。」

星丸回頭望向電電丸，只見他萬般無奈、僵硬的點點頭。

「嗯……所以嘍，我就說去那邊不大好……」

「電電丸，你去過天公天原一次吧？既然如此，怎麼不先詳細告訴我們呢！」

舞舞子托著乳白色腮幫子。

「唉，真是的。」古書先生盤起翅膀，大大吐出一口氣。「想不到會發生這種事……人類女孩變成降雨者，這可真是前所未見。」

「我、我該怎麼做才好？」

露子環顧眾人說著，忽然感覺肚子裡好像有水滴飛濺。

「妳就降雨啊，妳就降雨啊。」

她愣了一下，撫摸自己的肚子。肚子裡傳來咯咯笑聲，沒錯，那隻水龍就在露子肚子裡。

「欸，我們現在在哪裡？」

露子知道刻萊諾又飛上了風脈。古書先生的黃色眼鏡上方浮現深深的皺紋。

「前往『下雨的書店』遺跡的路上。」

「遺跡」這兩字，聽起來就像某種低級詛咒，古書先生臉色更凝重了。

「唉，想不到天公天原跟古老文獻寫的完全不一樣……這下子，我都不知道計畫能不能順利進行了。」

古書先生煩惱的搖搖頭。然而，此時露子肚子裡的龍又捲起身子，好似在回答古書先生。

「成不成功，要看運氣。好運壞運，要看雨水。」

說完，龍又咯咯咯笑了起來。自己體內有別的生物說話，令露子手足無措，而且那生物還是來路不明的水龍。

「所以嘍，盡信書不如無書嘛。還是得像我一樣出門探險才行！好了，差不多該去救莎拉嘍。」

星丸露出可靠的笑容。

此言一出，露子頓時驚覺：現在不是擔心自己的時候，莎拉沒事吧？她的發燒沒變嚴重吧？露子的雨信，莎拉看了嗎……

露子緊張不安的咬緊下唇，下意識握緊口袋中的百花彩妝盒。

（到頭來，這個百花彩妝盒除了討好欖羊羊‧大哈茜，也沒有其他用處……）

露子邊想，邊在膝上打開百花彩妝盒。彩盤上還留著欖羊羊・大哈茜用過的俗氣色調。她現在不想看這些顏色，於是轉動金銀花旋鈕。彩盤上的顏色逐漸轉換——淡桃紅色、光滑的白色、像玩具的粉紅色、深咖啡色、彈珠般的藍色……

「……咦？」

露子注視著彩盤上的顏色，驚訝得連眨眼都忘了。

每個顏色都好熟悉。莎拉的腮幫子、莎拉的雨衣、雨衣上的緞帶、莎拉眼睛的顏色、紮劉海的毛球髮圈。

露子想也不想就抹起彩盤上的顏色，一股腦全塗到自己臉上。

大夥兒屏氣凝神的望著露子。

露子已消失在大家眼前，而站在那兒的那個人，正是貨真價實的莎拉。

刻萊諾載著大家，逐漸靠近「下雨的書店」的遺跡（古書先生說那兩個字連講出來都覺得可怕）。

「好了，稍微打開窗戶看看。天呀，『下雨的書店』竟然變成這樣……」

舞舞子稍稍打開魚鱗窗板，要露子和星丸過來看。露子（是的，儘管她的外貌已變成莎拉，依然是露子本人）用莎拉的嬌小身體爬上座椅，從窗戶的縫隙往外瞧。

露子頓時懷疑自己的雙眼。因為眼前只有一片黑暗。世界如此寂靜，彷彿在宇宙盡頭的蕭條地帶，有一顆星球死了。一道不知從何而來的紅色凶光，邪惡的血染了這片黑暗。

此外——古書先生說的沒錯。在儼然世界末日的景象中，暗黑的飄浮著一艘巨大的幽靈船。這艘船，簡直像是用恐龍的骨頭打造而成

的蓋倫帆船[6]。那一定是書來瘋先生的交通工具。四周一片黑已經夠陰森了，那艘若隱若現的骷髏船更是令人不寒而慄。

「『下雨的書店』毀滅，導致裂縫空間扭曲了。」

古書先生萬般沉痛的喃喃說著，好似一個宣告世界末日來臨的學者。

「只要在這裡下雨，真的就能將一切恢復原狀？」

露子用莎拉的聲音問道。古書先生沉重的點點頭。

「這點無庸置疑。以前我也說過，『下雨的書店』是由雨水組成的特殊書店，問題是……」

古書先生盤起翅膀，深深嘆了口氣。

「我們的計畫，真的能順利成功嗎？」

6 **Galeón**，至少由兩層甲板所構成的大型帆船。

露子注視著自己那雙握緊窗框的手。莎拉的手好小、好柔弱。露子以前在莎拉這年紀，身體比她更嬌小，露子卻完全忘了這回事。莎拉的身體這麼小、這麼柔軟，現在不知道有多害怕呢。

「沒空想東想西了！」

露子瞪著窗外，逼自己振作起來。妹妹或許燒還沒退，露子必須趕快救她，一秒都不能耽擱。

「鬼魂，你可別漏氣喔。」

電電丸叮嚀緊張到全身僵硬的鬼魂。鬼魂抿緊雙脣，「哼」了一聲。

「別、別因為我死了就小看我！為了莎拉，我不惜兩肋插刀！」

「星丸，進口袋去。」

不需舞舞子提醒，星丸已搖身一變成了小鳥，鑽進白色雨衣的口袋裡。

「聽好了，千萬別忘記，成功失敗只在一瞬之間！」

鬼魂用力擠出二頭肌，從後面抬起化身為莎拉的露子。穿著淡粉紅色長靴的雙腳飄離地面，口袋中的小鳥體溫帶給露子勇氣。

「露子，千萬要小心呀！」

舞舞子雙手交握在胸前，為露子祈禱。

「對方應該已經發現我們了。再靠近一點，愈近愈好……就是現在！」

古書先生一聲令下，電電丸趕緊打開窗板。

骷髏船已近在眼前。鬼魂扛著化身為莎拉的露子，搖搖晃晃的飛離刻萊諾，在黑暗中飛向書來瘋先生的骷髏船。

「莎拉、莎拉！妳沒事吧？」

露子一衝過來，莎拉先是一陣詫異，不久便泛起淚光。

「姊姊！」

莎拉的燒果然還沒退。她拖著發燙的身體抱住露子。緊緊擁抱的兩人，簡直就像同一個模子刻出來的。

「妳是姊姊吧？為什麼妳打扮成我？姊姊，人家沒事了吧？」

莎拉淚汪汪的注視著利用百花彩妝盒變成莎拉的露子。露子摸摸莎拉的額頭。

「莎拉，妳果然發燒了。對不起喔，害妳這麼害怕。不用再擔心嘍，『靈感』會帶妳回大家身邊。」

鬼魂很快就將莎拉扛起來。莎拉拚命靠向露子。

「姊姊呢？為什麼不跟我一起去？」

頂著莎拉面容的露子堅強一笑。

「因為姊姊得打敗書來瘋先生，將『下雨的書店』恢復原狀才行呀。況且星丸也在，不用擔心啦。」

星丸從口袋中探出頭來，低聲啼叫。

「書來瘋現在在哪裡？」

「順著這條走廊直走就是了。他一～直望著窗外喔。跟妳說喲，人家呀，書來瘋說要給人家糖果，可是人家沒有吃喔，很厲害吧？」

露子摸摸莎拉的頭。

「好厲害喔，虧妳這個愛吃鬼忍得住。」

「好了，走吧，莎拉。」

鬼魂抱著莎拉飄起來。

「人家才不是愛吃鬼呢！」

莎拉鼓起腮幫子大叫。露子對著妹妹吐出舌頭，然後笑著揮手。

「受不了，受不了！一邊欣賞摧毀的痕跡，一邊陶醉在『味酒』的豐富香氣中，真是太～舒服啦。妳不這麼認為嗎？嗯？」

「是呀，書來瘋先生。」

「嗝、嗝！這正是破壞的美學！一旦在裂縫空間摧毀某物，那個地點就會產生扭曲，進而誕生全新的正確事物……更美好的事物。」

「什麼叫作更美好的事物？」

「嗝、嗝！簡單說，唯有摧毀到體無完膚，才能誕生真正充滿生命力、完美無瑕的事～物。」

「你怎麼知道？我覺得原本的樣子就很好啦。」

書來瘋先生從骷髏船望著「下雨的書店」的遺跡，打嗝打個不停。他拿著味道刺鼻（而且冒出綠色怪煙）的玻璃杯，喝得爛醉如泥。

「……妳剛剛不是邊發燒邊鬧～脾氣嗎？怎麼精神才好了一些，問題就這麼多！」

「因為人家很無聊嘛。」

「……」

答案來得太快，書來瘋先生只能搔搔長了五根角的頭蓋骨。

「來，妳瞧！連古代魚都被我的藝術性毀滅傑作吸引，特地前來觀看！」

書來瘋先生用尖銳的爪子指向外面。在黑暗之中，刻萊諾的青銅色魚鱗正發出光芒，浮在空中。刻萊諾的胸鰭後方隱約露出了一隻水母跟粉紅色長靴的鞋尖，但很快就躲了起來。

莎拉（變成莎拉的露子）見狀，便對著書來瘋先生說：

「那才不是古代魚呢，是飛行魚啦。況且，腔棘魚不只存在於裂縫世界，外面的世界也有呀。畢竟牠可是從古至今都維持相同樣貌，人稱『活化石』呢。這點常識，連幼兒園生都知道喔。」

「嗝！」

書來瘋先生打了一個更大的嗝。他那雙沒有眼珠的窟窿俯視著露子，好似看著某種陌生的生物。露子感覺到白色雨衣口袋中的星丸正摩拳擦掌，於是瞪向書來瘋先生。

「欸，你擄走『最年輕的時光』，到底想幹嘛？」

照理說骷髏龍不可能有表情，但他的臉扭曲成一張邪惡的笑臉。

「那還用說？當然是要吸收年輕時光的所有未來，讓我書來瘋先生的魔力變得愈～來愈強大啊。我要增強魔力，不擇手段找到看得順眼的書！」

「休想得逞！」星丸終於忍不住在口袋中大喊。

「嗝！剛剛是誰～在說話？」

還來不及回答，露子跟書來瘋先生中間竟降下了一滴雨。雨滴在空中靜止，變成文字的形狀。

滴答，滴答，滴答。

莎

—拉—沒—事—

露子一讀完雨信，便用雨衣袖子往臉上一抹。協助露子變身的妝容卸了下來，轉眼間，露子頭髮變長、個子長高，變回了原本穿著蝙蝠雨衣的模樣。

書來瘋先生看得目瞪口呆。

星丸從蝙蝠雨衣的口袋飛出來，在空中翻了一圈，搖身變成男孩外型。他打著赤腳，站在露子旁邊。

「你、你們，到底是怎～麼回事！」書來瘋先生驚訝得不得了。

露子露出堅毅的神情，大聲宣告道：

「死心吧，書來瘋先生。——我是『下雨的書店』之降雨者！」

十六　世界的降雨者

清澈的雨水露出燦爛的笑容，降落在「下雨的書店」的遺跡上。

彎曲樹木做成的書櫃從地上冒了出來。

書櫃上「下雨的書」紛紛甦醒，糖果盒、水中花、幾尊人偶及莎拉的玻璃大象全都復活了。

翠綠的草坪鋪滿地面，天花板也垂下鯨魚跟天體模型，舒適的懸掛著。

在書店深處，古書先生那張厚重的櫃臺桌也恢復原狀。桌上擺滿了許多書本、玻璃火車、羽毛筆、被指菊石壓住的信件堆，還有古書先生的水燃式玻璃菸斗，全都維持著以前的模樣。

「這、這、這也太……」

書來瘋先生步履蹣跚的走下骷髏船，來到恢復原狀的「下雨的書店」草地上。——不，並非完全恢復原狀。

人偶們個個盛裝打扮，每張臉都洋溢著燦爛的笑容。玻璃火車噴出純銀色的蒸氣，薰衣草色的鯨魚則在店裡灑滿泡泡浪潮。天體模型的每顆星星都發出雀躍的光芒，每本書也變得比以前更年輕，迫不及待想讓新的讀者一睹風采。

「太神啦，露子！」

星丸變成小鳥，輕盈飛過書來瘋先生頭上，衝出骷髏船。

露子睜大眼睛站在柔軟的草地上，一股懷念之情從腳底滲進體內。平滑的象牙色天花板不斷下起充滿生命力的雨水，露子的心底彷彿即將發威的積雨雲，湧現一股前所未見的力量。

「呃，那接下來要幹嘛？」

露子還不了解新的力量，於是撫摸自己的肚子，對肚子裡的水龍說話。緊接著，肚子傳來一陣壞心眼又調皮的笑聲。

「哎呀哎呀，女孩，妳不是有一串超棒的咒語嗎？」

露子恍然大悟，扯開嗓子喊出那串祕密咒語。

「雨啊雨啊，下吧下吧，下雨的書店！」

露子的咒語發生效用，天花板降下的雨變得更強了。雨水像是淘氣的小寶寶，又像是慈祥的母親，淅瀝淅瀝下不停。

「啾啾！」

星丸也停在露子頭上高聲啼叫，彷彿想一起呼喚雨水似的。

不知不覺間，古書先生、舞舞子、書芊書蓓、雷電丸、鬼魂，還有莎拉一行人也走進復活的「下雨的書店」了。

刻萊諾不在現場。對刻萊諾而言，「下雨的書店」太狹小了。書來瘋先生的骷髏船也消失在牆壁另一端。

「姊姊！」

莎拉飛撲過來的力道太強，導致露子差一點跌倒。不過，她還是用力抱緊恢復活力的妹妹。

「……刻萊諾怎麼了？」

露子一問，舞舞子才輕輕點頭，說道：

「那隻飛行魚在外面的裂縫等我們……話說回來，露子，妳成了一個很棒的降雨者呢。刻萊諾那兒也下雨嘍。那孩子看起來很開心呢。」

露子聞言，忍不住眉開眼笑。

古書先生似乎非常感動，只見他伸出翅膀，萬般憐愛的望著自己的古書店。

「啊，我的『下雨的書店』！想不到竟然能復原得如此完美……」

接著，古書先生頓時語塞，按住眼鏡下方的眼頭。

「怎麼會……怎麼會這樣……」

唯一感到錯愕的，只有依然手持「味酒」玻璃杯的書來瘋先生。

「我的毀滅壯舉，居然連一點痕跡也不剩！」

此時，古書先生猛的一跺。

「書來瘋先生，看來我們『下雨的書店』不合你的胃口。我感到非常遺憾，但你這次『下雨的書店』檢驗，應該已經結束了。接下來，我們會自由而規矩的經營下去！好了，你請回吧！」

這隻渡渡鳥還不到自己的一半高度，但書來瘋先生無言以對。

「我、我，嗝，我……」

書來瘋先生的聲音顫巍巍的，簡直就像全身的骨頭都快散開似的。

「欸，書來瘋先生。」

露子緊緊抱著妹妹，仰望書來瘋先生。

「為什麼你要到處破壞書店和圖書館？為什麼每一本書你都不喜歡？」

書來瘋先生聞言，打了一個跟抽筋沒兩樣的嗝。

「我、我、我、我……」

書來瘋先生的嘴巴恐怕再也無法將話語流利的吟唱出來了。

只見書來瘋先生將手上的「味酒」玻璃杯砸在草地上，彷彿這是他目前所能做的最大破壞。玻璃杯瞬間碎裂，杯裡的綠色怪煙和刺鼻的味道逐漸被草地吸收、消失。

「因為，我害死了世界上第～一隻『嗜書蟲』！」

這番驚人的話語令所有人目瞪口呆。

雨水從那雙沒有眼珠的窟窿流下，看起來就像書來瘋先生哭了。

露子與眾人屏住氣息，等著他繼續說。

書來瘋先生深深嘆了口氣，似乎想把藏在最深處的記憶拖出來。

「沒錯，那是我這身骨頭還長有皮和肉的時候。我跟一隻『嗜書蟲』成了朋友。那隻『嗜書蟲』——那隻世界上第一本書的蟲，輾轉在各書之間旅行，然後將卵產在書上。

我追著『嗜書蟲』，將牠產卵的書從頭到尾讀了一遍。我讀得如痴如醉。在龍統治世界的時代，想不到世上竟然有這麼多事情，連我這隻龍都不知道。

我很高興。有趣的書、好看的書愈來愈多，第一隻『嗜書蟲』也變得子孫滿天下……可是、可是……」

書來瘋先生痛苦的搔抓頭蓋骨。

「那時，我犯下了滔天大罪！我為了讓『嗜書蟲』的後代變得更多，於是收集沾了蟲卵的書，將牠們封印在一個不會接觸到外界危險的地方，以便蟲群平安長大。為了讓第一隻蟲能照顧子孫，我把牠也封了進去……

可是，這麼做換來的並不是繁榮。蟲群……可愛的蟲群，由於空間太狹小，食物不夠，於是牠們開始互相啃食。第一隻『嗜書蟲』，牠們的大家長，率先站出來犧牲自己，讓孩子們吃牠的身體……

從那之後，我為了擺脫自己的罪孽，便周遊世界各書店與圖書館，不斷尋找……我想找到那隻『嗜書蟲』的亡魂，向牠表達贖罪之意。後來，我成了骷髏，得到永恆的生命，也變成永遠的罪人。我不斷流浪，只為了找到第一隻『嗜書蟲』的亡魂，用最完美的書讓牠安息……」

好一陣子，只有溫柔的雨聲迴盪在「下雨的書店」。雨水對大家一視同仁，即使面對書來瘋先生，也大方灑落在他身上。

現在，大家總算懂了。為什麼書來瘋先生那麼討厭「獵書嗡嗡」這名字。因為，他實在太喜歡那隻蟲——那隻「嗜書蟲」了。在這個世上，書來瘋先生最珍惜的就是書蟲。

而大家也知道，為什麼書來瘋先生嫌棄、丟掉每一本書，不斷尋找「最完美的書」……

「愚蠢又可悲的骷髏龍啊！你知不知道，萬物都在這顆星球？你知不知道，亡魂與失物全都在這顆星球？」

「怎麼回事……？」

此時，露子突然覺得腳好癢，不禁嚇了一跳。好像有人在搔她癢似的。可是明明穿著長靴呀！難道說——

她連忙當場蹲下，脫掉長靴，各位猜怎麼著？一個亞麻色的殼從靴子裡滾了出來。只見那東西伸長觸角，沒有錯，那正是率先帶領露子來到「下雨的書店」的蝸牛！可是，牠到底什麼時候鑽進長靴，又是怎麼鑽進去的？

蝸牛在草地上慢慢移動，爬上書櫃，一路爬到某本書的書背上，然後扭動觸角。露子一看，馬上就明白了牠的意思。

她衝向書櫃，翻開那本書背黏著蝸牛的書。

那本「下雨的書」，寫著這麼一個故事。

——我知道這個故事會在途中遭到遺忘，然後某天又被別人想起來。我也知道這個故事，會傳到那隻善良的龍耳裡。

雨水將露子所閱讀的文字變成閃亮的雨信，灑落在店裡。

——龍的善心，引發了一場非常殘酷的悲劇。可是，總有一天，總有一天……

「啊……」

露子不知道這是自己的聲音，還是書來瘋先生的聲音。或許，是兩人不約而同所發出的驚嘆。

因為，這本「下雨的書」所寫的故事，正是書來瘋先生最珍惜、跨越多少遙遠時空都不惜尋找的第一隻「獵書嗡嗡」——「嗜書蟲」的故事。

不知道這故事是誰寫的。唯一能確定的，就是作者並不是「嗜書蟲」——因為唯有人類未完成的故事種子能抵達丟丟森林。

然而，確實有一個露子一行人與書來瘋先生都不認識的人，將這隻古代「嗜書蟲」的一生寫成故事……即使故事只寫到一半並遭到遺忘，也不能改變這一點。

——總有一天，龍會想起我隨時都在他身旁。總有一天，他會想起無論他悲傷了多久，無論他多麼孤獨，都有我陪在身邊，一同悄悄哭泣。

因為呀，我們都是生在這顆星球，歸於這顆星球，就像雨滴一樣。這顆星球上的萬物就像雨信，巡迴整顆星球，就為了將訊息傳達給某人……

書來瘋先生無力的跪在地上。

「……我多希望你活著啊。」

書來瘋先生擠出這幾個字，然後哭了。

此時，天花板降下的雨水忽然停在空中，改變形狀，變成雨信。

——莎拉莎拉與翅膀受傷的精靈烏魯烏魯並肩坐在葉子下面，注視著即將停歇的雨……

這是露子現在所寫的故事《雨之精靈　莎拉莎拉》的後續。

——「唉，我只是想拯救那個從時鐘逃出來的魔物而已啊。欸，莎拉莎拉，我再也不當雨精靈了。」烏魯烏魯沮喪的說。

莎拉莎拉踩踩水，說道：

「沒錯，時鐘魔物確實傷害了你，但我們的使命，就是要將雨水帶到世界上每個角落。喏，烏魯烏魯，天空那一端所下的雨，全都是你的功勞喔。你看，森林的精靈們正沐浴著雨水，跳著提利卡波利卡之舞呢！」

露子不禁笑逐顏開。露子也是這星球的雨信，以上就是信裡的小小故事。多麼渺小、多麼稚氣呀。別說是古書先生了，連鬼魂、星丸讀了都會笑出來。——不過，它們灑落的姿態，是多麼獨一無二、多麼閃閃動人。雨珠化為文字，一閃一閃落下來。它們比任何事物都美麗、耀眼。

接著——

雨珠又變成別的文字。露子從沒讀過這篇文章，但儘管如此，這青澀的文字，卻令露子感到如此熟悉。

——姊姊，謝謝妳的信，妳在哪裡？人家在書來轟的船上喔。快來喔，姊姊。我等妳。人家在這裡等妳，所以姊姊也要好好過來找我ㄛ。請多寫一些故事，念給人家聽。

莎拉在書來瘋先生船上讀了露子的雨信，因此寫了這封回信。露子不知道莎拉是怎麼寄出雨信的；她是寫了什麼嗎？還是說她在心裡拚命默念，然後就寄出來了？

莎拉的雨信就像剛誕生的雨一般明亮，閃耀著真誠與透明的光芒。露子目不轉睛的注視一顆顆雨滴，生怕忘了、錯過了。好溫暖、好甜，而且雨勢好強勁。雨滴飄散著莎拉的手與頭髮的香甜氣味，淚水滑過露子臉頰。

書來瘋先生被光之雨淋成落湯雞，發出無力的咆哮。從他的樣子看來，那些囂張的氣焰全都不見了。

灑下清澈雨水的「下雨的書店」，變得比以前更有活力了——露子肚子裡的水龍似乎非常滿意，牠大大扭動身子，啪！說時遲那時快，露子的身體彈了一下，透明水滴從她全身飛濺而出。髮梢、指尖、膝蓋、眼睫毛……所有的水滴聚集起來變成一隻龍，飛向天空。

「再見了，女孩！總有一天，我們會在這星球重逢！」

水龍在空中扭動透明的身軀，在「下雨的書店」的天花板飛竄，不久就變成雨的一部分，消失無蹤。

露子愣怔的慢慢將開啟的書闔起來。然而——黏在書背的那隻蝸牛不見了。她趕緊環視地上、書櫃、牆壁和天花板，卻哪兒都找不到那懷念的身影。

「……謝謝你。」

露子喃喃說道。即使肉眼看不見，蝸牛和水龍一定會時時刻刻陪伴著露子……第一隻「獵書嗡嗡」、「嗜書蟲」所說的話，肯定不會

錯。

「哎呀，話說回來，」古書先生疲憊不堪的搖搖頭。「真是的，這事可非同小可啊。萬一水龍不肯出來，或許妳已經不是人了——換句話說，妳差點就要變成真正的降雨者了。」

露子一聽，頓時張口結舌。此時，雷雷丸微微嘟起那張章魚嘴，說道：

「所、所以嘍，我就覺得去天公天原絕對沒好事嘛。」

「算了算了，只要結局好，什麼都好。」

舞舞子粲然一笑，然後抱住露子、莎拉和星丸。

「啊——！」

鬼魂突然大聲尖叫。

到底出了什麼大事？仔細一瞧，只見鬼魂擠壓自己的臉頰，一會兒飄到這邊，一會兒飄到那邊，心神不寧的到處亂飛。

「怎麼了，靈感鬼哥哥？你肚子痛嗎？」莎拉出聲關心。

不過，鬼魂似乎沒聽見莎拉的聲音，蒼白的渾圓眼睛閃爍著光芒。

這回，鬼魂高高彈起來，大喊：

「我……我、我有靈感了！」

十七　又一次完美大結局

鬼魂從書櫃取出一本「下雨的書」，在無精打采（活像沒了氣的汽水）的書來瘋先生面前翻開書頁。

書來瘋先生沮喪的舉起手，搖搖頭。

「算了，算了……不……不、不用管我了。我犯下這麼多罪行……唉，我再也不想看書了……」

然而，鬼魂的臉頰發出白光，看起來充滿信心。他繼續翻頁，只見好幾隻「獵書嗡嗡」從書頁間飛出來，在垂頭喪氣的書來瘋先生頭上盤旋。看來，書來瘋先生連揮手趕走這些吵鬧蟲子的力氣都沒了。不，「獵書嗡嗡」們似乎在安慰書來瘋先生，拚命為他打氣。

「書來瘋先生，你討厭『獵書嗡嗡』這名字，對吧？」

「鬼老弟，這件事，你不是早就知道了嗎？」

此時，古書先生站出來，代替不想答腔的書來瘋先生回話。

「不過啊……」

古書先生注視著有氣無力的書來瘋先生，眉頭深鎖。

「書來瘋先生，其實叫什麼名字，一點都不重要吧？」

書來瘋先生依然沉默不語，頻頻搖頭。沒有人知道這舉動代表什麼意思。

鬼魂興奮到極點，用力噴吐鼻息。

「欸，聽我說嘛。只要換掉『獵書嗡嗡』這名字就好啦！」

此言一出，連古書先生都傻眼了。舞舞子和身旁的兩隻精靈也同樣目瞪口呆。

「鬼、鬼魂先生，你這番話，有點……我們『下雨的書店』從創業以來，一直使用『獵書嗡嗡』這名字。所以，換句話說……」

舞舞子欲言又止，此時古書先生揮舞短短的翅膀，粗聲粗氣說道：

「換句話說，不准你隨便換名字，又不是換早餐的果醬！鬼老弟，醜話說在前頭，也不想想都是你咬壞故事種子，才會造成我們『下雨的書店』莫大的損失！這樣還不夠，你還……」

「噓——等等！」

莎拉瞪向七竅生煙的古書先生。只見莎拉生氣的鼓起腮幫子，直截了當說道：

「你要好好聽完別人的意見！不准中途打斷，這樣違規！」

古書先生一聽，頓時張口結舌，驚訝得下巴都快掉下來了。

「好了，靈感鬼哥哥，你好好說完吧。」

有了莎拉幫腔，鬼魂倏的鼓起身子。

「有沒有人帶紙筆？」

露子從褲子口袋掏出那本小小的筆記本。筆記本上寫了露子故事的草稿及備忘錄，重要性不言而喻。不過，露子還是拋開短暫的猶豫，翻開空白頁面，將筆記本與筆一併遞給鬼魂。

鬼魂肅穆的接下露子的筆記本和筆，慎重的寫了起來。

在大家的圍觀之下（書來瘋先生例外），鬼魂擺出為一國王子命名的嚴肅神情，亮出筆記本上的文字。

上頭寫著幾個跟毛毛蟲沒兩樣的大字：

「獵書嗡嗡」

改為「獵書文文」7

大夥兒端詳筆記本，睜大雙眼。

「搞什麼，根本沒變嘛。」

星丸從露子頭上跳下來變成男孩型態，百無聊賴的在後腦杓交叉

---

7 在日文中，嗡嗡與文文同音。

雙手。

然而，古書先生顫抖著從鬼魂手上接下露子的筆記本，一副恭迎聖旨的樣子。

「這、這、這實在⋯⋯」

「古書先生，這⋯⋯」

舞舞子托著腮幫子，書芊和書蓓則早就開心的牽起手來。

「⋯⋯這實在，太～棒了！」

那個活像斷線木偶般沮喪的書來瘋先生忽然高聲大叫。他的眼窩決堤似的流下透明的水珠，這絕對不只是因為雨水的關係。

舞舞子擺出拉扯隱形絲線的手勢，牆角的書櫃便朝著眾人慢慢打開，彷彿一扇厚重的門。

書櫃內部是一個純白無瑕的空間，宛如一張全新的白紙。這份白，好似正迫不及待的希望有人來寫上幾筆。而刻萊諾就靜靜飄浮在那兒。

「刻萊諾！」

露子衝到草地的盡頭，探出身子呼喚刻萊諾。青銅色魚鱗的飛行魚徐徐游向露子，粗厚的魚鰭溫柔的撫摸她的臉頰；由於刻萊諾的魚鰭太大，不只臉頰，連耳朵跟頭髮都被亂揉一通，不過露子對此一點也不在意。

「那是未開拓的裂縫世界。」

古書先生指的是刻萊諾的那片純白空間。

露子伸出手，好不容易才摸到刻萊諾的身體。

「刻萊諾，謝謝妳。辛苦了。我會再去找妳的，下次一定要載著我和莎拉一起飛翔喔。」

刻萊諾露出鮮明的笑容，緩緩點頭。

渡渡鳥公會所出借的昴宿魚團老大姊刻萊諾就這麼游走了。

「好了，接下來……」書來瘋先生有氣無力的喃喃說道。「我也該告辭了。臨走之前……」

露子不自覺站到莎拉前面，保護莎拉。她以為「最年輕的時光」莎拉又要被擄走了。不過，書來瘋先生只是無精打采的望向古書先生。

「能不能讓給我一本書呢……一本有『獵書文文』棲息的『下雨的書』。」

古書先生充滿威嚴的點點頭。

「那當然！書本永遠會為了愛書人打開書頁！我很樂意致贈你一本『下雨的書店』的好書，條件是——」

古書先生還在說話時，書芊與書蓓已經從書櫃抽出一本書，搬了過來。

只見古書先生從精靈手中接下書，然後清清嗓子。

「咳咳！有了這一本，請你今後別再破壞任何書店以及圖書館！」

書來瘋先生鄭重頷首。

「我已經決定不再流浪了……因為降雨者說過，我的朋友，那隻『嗜書蟲』——『獵書文文』的始祖，就在這星球上。」

古書先生也對他深深點頭致意。

此時，露子看到古書先生送給書來瘋先生的書本標題，不禁驚呼一聲。

湛藍色的封面氣派的寫著以下幾個大字：

《海洋彼岸的遙遙》

露子望向鬼魂，他頓時害羞的扭來扭去。

「我還以為你根本寫不出像樣的作品，想不到最重要的作品已經寫上『劇終』兩字啦。」

「呵呵呵……如果不嫌棄的話，希望下次妳和莎拉都能讀讀看……哎呀，不過，這對莎拉來說可能還有點難喔。」

「才不會呢！」

莎拉聽不懂露子他們在聊什麼，覺得自己好像被排擠了，於是忙不迭鼓起腮幫子。露子見妹妹完全恢復精神，便刻意弄亂她的頭髮；只見莎拉臭著臉想撥好頭髮，卻愈弄愈亂。

「接下來……」

這回古書先生接下露子一直帶在身上的書，轉向書來瘋先生。

「這本書，似乎是特地為你而寫的。本書汲取了作者跟這星球的雨水意志，在此，我將它致贈給你。」

不用說，古書先生所送的，就是第一隻「嗜書蟲」的故事，受雨水灌溉的那本書。

如此這般，書來瘋先生帶著兩本「下雨的書」（一本是靈感的大傑作《海洋彼岸的遙遙》，一本是他最珍惜的蟲的故事），離開了「下雨的書店」。沒人知道，書來瘋先生將前往何方。

「唉，我好像把一輩子的探險都做完了。」

露子下意識的癱坐在草地上。

「妳在胡說些什麼啊，露子。」

星丸在她旁邊蹲下。

「妳知道裂縫世界寬廣到不行吧？接下來好戲才要正式上演呢！我絕對要再去一次天公天原。」

「欸欸，天公天原是什麼呀？」

莎拉也蹲在露子身旁，湊過來發問。

「呃，這個嘛……」

露子癱坐在地上，仰望天空。該先回答誰才好呢？

還來不及思考，舞舞子的聲音與拍手聲瞬間吸引了大家的注意力。

「正式探險是很好啦，但是應該先來正式參與下午茶吧，星丸？來吧，電電丸也過來一起坐。今天真的折騰死大家了。」

這時，舞舞子在香菇桌上，輕盈的攤開由黃昏與星空編織而成的桌布。

才一眨眼，桌上便出現滿滿的茶水與點心，簡直跟變魔術沒兩樣。琥珀色的蜜茶、鋪滿鮮奶油的鬆餅、活像寶石的果凍百匯、彷彿智慧之輪的甜甜圈、青蛙狀的蛋糕、香甜潤澤的水蜜桃派，以及如盛夏大海般的湛藍色汽水。

「哇塞，我肚子快餓死啦！」

星丸拍著手跳起來，一下子就把探險的事情拋到腦後，衝向下午茶餐桌。

露子與莎拉也面面相覷，笑了起來。

「真是一場好探險啊。」

「姊姊，不公平啦！人家被書來瘋先生擄走，什麼都沒參與到！」

露子牽起妹妹的手，笑著說：

「也對也對。好，我以後把這場探險寫成故事。」

「不要『以後』啦！現在就寫，現在就寫！」

莎拉在露子旁邊跺腳。

「好啦好啦，莎拉，妳喔，到哪兒都是個任性的小鬼。」

「才沒有呢！」

儘管莎拉皺著眉頭臭著臉，卻依然親暱的握住露子的手。露子也緊緊握住妹妹的小手。

就這樣，露子與莎拉手牽著手，走向滿桌的美味茶點，以及燦笑等待的夥伴。

作者簡介

日向理惠子

一九八四年生於日本兵庫縣，從小便展現出喜歡畫畫的天分，六歲左右開始把筆記本當成空白繪本，在上面塗鴉創作。小學時因為體弱經常待在保健室，在保健室的老師指導下學會打字。不論在教室或是家裡，總是在讀書或者寫字，也經常抱著寫字用具到處走來走去，雖然實際完成的作品並不多，卻就此開啟了她的創作之路。高中時曾以高木理惠子的名字出版了《前往魔法之庭》（魔法の庭へ），二〇〇八年出版《下雨的書店》之後，以兒童文學作家身分在日本文壇展露頭角。

《下雨的書店》系列已出版至第五冊，除在日本備受歡迎外，也發行多種海外譯本。其他重要著作尚有融合戰爭與奇幻題材、改編為電視動畫的《獵火之王》（火狩りの王）系列、以「不想去上學」念頭展開的《星期天的王國》（日曜日の王国）、以荒廢的遊樂園和外星人為題的《迷路星星的旋轉木馬》（迷子の星たちのメリーゴーラウンド），以及甫問世的《星星的廣播電台與卷螺世界）（星のラジオとネジマキ世界）等作品，每一部都是以純真的兒童之眼創造的想像世界。

創作之餘，日向理惠子喜歡養花蒔草，是一位綠手指。除了在部落格上與讀者分享她的植物日記外，她也將對花草的愛好融入情節創作之中，讓幻想世界充滿自然綠意。

繪者簡介

吉田尚令

一九七一年生於日本大阪，為知名插畫家。一九九〇年自大阪府立港南高校現代工藝科畢業後，從事設計和廣告相關工作，現在以插畫和書籍封面為主要創作領域，由於畫風柔和，經常被誤認為是女性插畫家。繪製作品除了《下雨的書店》系列，還有與知名作家宮部美幸合作的《惡之書》、由演員草彅剛翻譯自韓文的《月之街　山之街》（月の街　山の街）、板橋雅弘「壞蛋爸爸」系列的《我爸爸的工作是大壞蛋》和《我的爸爸是壞蛋冠軍》，以及安東みきえ的《向星星訴說》（星につたえて）等。於二〇〇一年起多次舉辦個展，並以與知名兒童文學家森繪都合作之《希望牧場》獲得國際兒童圖書評議會榮譽獎（IBBYオナーリスト賞）。

譯者簡介

林佩瑾

淡江大學應用日語系畢業，曾任出版社編輯，熱愛閱讀、電影與大自然，家有一貓。

主要譯作有《思考的孩子》、《開書店的貓》、《思考力培養法》、《漁港的肉子》、《撒落的星星》等等。

聯絡信箱：kagamin1009@gmail.com

故事館
小麥田 下雨的書店之降雨者

作者 日向理惠子
繪畫 吉田尚令
譯者 林佩瑾
封面設計 達姆
校對 呂佳真
責任編輯 巫維珍

國際版權 吳玲緯
行銷 闕志勳 吳宇軒 余一霞
業務 李再星 李振東 陳美燕
編輯總監 劉麗真
事業群總經理 謝至平
發行人 何飛鵬
出版 小麥田出版
地址：115 台北市南港區昆陽街16號4樓
電話：(02)2500-0888
傳真：(02)2500-1951
發行 英屬蓋曼群島商家庭傳媒股份有限公司城邦分公司
地址：115 台北市南港區昆陽街16號8樓
網址：http://www.cite.com.tw
客服專線：(02)2500-7718｜2500-7719
24小時傳真專線：(02)2500-1990｜2500-1991
服務時間：週一至週五 09:30-12:00｜13:30-17:00
劃撥帳號：19863813 戶名：書虫股份有限公司
讀者服務信箱：service@readingclub.com.tw
香港發行所 城邦（香港）出版集團有限公司
地址：香港灣仔駱克道193號東超商業中心1樓
電話：+852-2508-6231
傳真：+852-2578-9337
馬新發行所 城邦（馬新）出版集團【Cite(M) Sdn. Bhd. (458372U)】
地址：41-3, Jalan Radin Anum, Bandar Baru Sri Petaling, 57000 Kuala Lumpur, Malaysia.
電話：+6(03) 9056 3833
傳真：+6(03) 9057 6622
讀者服務信箱：services@cite.my
麥田部落格 http://ryefield.pixnet.net
印刷 漾格科技股份有限公司
初版 2022年8月
初版四刷 2024年3月
售價 360元

ISBN 978-626-7000-59-5
EISBN 9786267000601 (EPUB)

本書若有缺頁、破損、裝訂錯誤，請寄回更換。

國家圖書館出版品預行編目資料

下雨的書店之降雨者／日向理惠子著；吉田尚令繪；林佩瑾譯. -- 初版. -- 臺北市：小麥田出版：英屬蓋曼群島商家庭傳媒股份有限公司城邦分公司發行，2022.08
面； 公分
譯自：雨ふる本屋の雨ふらし
ISBN 978-626-7000-59-5（平裝）

861.596 111005541